neue frau
herausgegeben von
Angela Praesent und
Gisela Krahl

Anaïs Nin

Ein gefährliches Parfum

Die frühen Erzählungen

Deutsch von
Linde Salber

mit einem Vorwort von
Gunther Stuhlmann

rororo

Rowohlt

Die Originalausgabe erschien bei Magic Circle Press, Weston, Connecticut, unter dem Titel «Waste of Timelessness»
Umschlaggestaltung Nina Rothfos unter Verwendung einer Illustration von Barbara Hanke
Deutsche Erstausgabe

Veröffentlicht im Rowohlt Taschenbuch Verlag GmbH, Reinbek bei Hamburg, März 1993

Gesetzt aus der Bembo (Monotype Lasercomp) bei LibroSatz, Kriftel
Druck und Bindung Clausen & Bosse, Leck
Printed in Germany
890 - ISBN 3 499 13257 5

Inhalt

Ich sehe in meinem frühen Schreiben
eine frühe Ahnung von den Gefangenschaften
und Abhängigkeiten des Menschen.
Es war ein Mittel zu entkommen,
ein Fluchtweg in die Freiheit.

Anaïs Nin
26. 7. 1945

Vorwort

Anaïs Nin wollte immer eine Künstlerin, eine Schriftstellerin sein, die ihre eigenen Gefühle erforschen und darstellen kann. Dadurch hat sie sich oft von dem Leben entfernt, welches sie das «gewöhnliche» nannte. Es begann 1914, daß sie mit außerordentlicher Sensibilität ihre Gefühle dem einzigen «Freund», ihrem Tagebuch, anvertraute, nachdem der Vater die Familie verlassen hatte. Ein Leben lang blieb sie dem Tagebuch treu, welches heute allgemein als ihre wichtigste Schöpfung anerkannt ist. Aus vielen verschiedenen Gründen jedoch hatte das Tagebuch geheim bleiben müssen, und selbst 1966, als Anaïs Nin begann, Teile aus den etwa 35 000 Seiten zu veröffentlichen, mußten viele persönliche Einzelheiten ausgelassen werden. So mußte Anaïs Nin, die so sehr wünschte, als Künstlerin von der Welt anerkannt zu werden, lernen, den Schutz gewährenden Rahmen des privaten Tagebuchs mit ihrem Schreiben zu verlassen. Gleichwohl wissen wir, daß das Tagebuch die wesentliche Quelle für alle fiktionalen Texte war.

Die sechzehn Erzählungen dieses Bandes sind ein Beispiel der frühen Versuche der Anaïs Nin, für die Öffentlichkeit zu schreiben. Sie sind das Ergebnis eines schöpferischen Ausbruchs zwischen 1929 und 1930, als sie, sechsundzwanzig Jahre alt, wieder in Frankreich lebte, nun mit dem amerikanischen «poet-banker» Hugh Guiler, den sie 1923 geheiratet hatte. Im Oktober 1929 trägt sie in ihr Tagebuch ein: «Es ist mein Ziel, und ich weiß, daß ich es erreichen werde, in aller Klarheit die undurchdringlichen, namenlosen und gemeinhin unbeschreiblichen Dinge in den Blick zu rücken. Ich will den flüchtigen, subtilen und ungreifbaren Gedanken Gestalt verleihen und denjenigen geistigen Werten eine Mächtigkeit zuerkennen, die üblicherweise recht vage und allgemein abgehandelt werden. Sie sind das Licht, welchem die meisten Menschen folgen, ohne sie wirklich wahr-nehmen zu können.»

Einzelne Erzählungen hat Anaïs Nin an Zeitschriften und Verlage geschickt. Es überrascht nicht, daß 1930 und selbst heute in Amerika kein «Markt» vorhanden war für eine solche Beschwörung «subtiler» und «üblicherweise unbeschreibbarer» Dinge. Und so wurde tatsächlich keine der Erzählungen je veröffentlicht. Sie landeten einige zwanzig Jahre später mit anderen aufgegebenen Manuskripten in der Sammlung einer amerikanischen Universitätsbibliothek. Kurz vor dem Tode der Anaïs Nin im Januar 1977 trat Valerie Harms mit dem Wunsch an die Schriftstellerin heran, diese Erzählungen in einer kleinen privaten Edition der Magic Circle Press zu veröffentlichen. Nach einigem Zögern stimmte Anaïs Nin schließlich zu, bestand aber darauf, ihren Entschluß in einem Vorwort zu rechtfertigen:

«Ich habe diese Erzählungen nie veröffentlichen wollen, da sie mir unreif erschienen. Aber dann dachte ich, es könnte für andere Schriftsteller interessant sein, der Entwicklung meines Werkes zu folgen und jeden Schritt des Reifungsprozesses zu betrachten . . . In diesen Erzählungen finden sich bereits zwei Elemente, die in meinen späteren Arbeiten eine große Rolle spielen sollten: Ironie und erste Andeutungen von Feminismus. Man hat mich schließlich überredet, diese Erzählungen all denen zugänglich zu machen, die mein Werk verstehen und lieben und deshalb Interesse an seiner Entwicklung haben. Also: dieses ist ein Buch nur für Freunde!»

Diese «unreifen», frühen Erzählungen enthalten in der Tat viele Themen im Keim und reflektieren viele im Tagebuch dargestellte persönliche Erfahrungen und Sorgen, die in den späteren fiktionalen Texten voll entfaltet wurden. So ist man versucht, das

Bekenntnis auf diese frühen Erzählungen anzuwenden, welches Anaïs Nin ihrem zuerst veröffentlichten fiktionalen Text, *Haus des Inzests*, 1936, voranstellte: «Mein ganzes Wissen ist in diesem Buch enthalten . . .»

Becket, Massachusetts, Winter 1992/1993 Gunther Stuhlmann

Ungenutzte Zeitlosigkeit

Es war die übliche Einladung zu einer dieser üblichen Parties mit den üblichen Leuten und mit ihrem üblichen Mann. Warum bloß luden nur Freunde des «großen Schriftstellers» Alain Roussell sie zum Wochenende ein und nicht Alain Roussell selbst?

Außerdem regnete es.

Das erste, was Mrs. Farinole sagte, war: «Den ganzen Sommer über hat es hier nicht geregnet. Wie schade, daß es ausgerechnet heute regnen muß. Sie werden sich kaum vorstellen können, wie zauberhaft es hier sein kann.»

«Oh, aber das kann ich mir sehr gut vorstellen», antwortete sie und betrachtete voller Bewunderung die Berge, die Pinien, das Meer, das umrahmt zu sein schien, so daß sich ein windgeschützter Schlupfwinkel bildete. Und dann stellte sie sich einen gigantischen Windstoß vor, der den ganzen Ort wegfegen würde, und Mrs. Farinole, die sagen würde: «Es tut mir so leid, aber unser Haus ist davongeflogen, und so kann ich Sie nicht einladen, über Nacht zu bleiben. Ich muß dringend den Zimmermann anrufen.»

Und dann würde Alain Roussell zufällig vorbeikommen, der ein Fischernetz trug und auf der Suche nach einem Stoff war. Sobald er sie auf der Straße erblickte, würde er sagen: «Wollen Sie mit mir kommen? Wir können das Wochenende auf dem alten Fischerboot am Strand verbringen. Das ist ein riesig guter Platz.» (Er würde ein anderes Wort wählen, ein besseres als «riesig gut», aber es fiel ihr im Moment nicht ein.)

Ihr Mann würde sagen: «Warten Sie einen Augenblick. Ich muß ihren Regenmantel holen. Sie bekommt so leicht eine Nervenentzündung.»

«Dort steht Roussells Haus», sagte Mrs. Farinole. «Er hat sein Tor türkisgrün gestrichen. Es wird durch die Seeluft bald wieder grau werden.»

«Haben Sie alle seine Bücher gelesen?» fragte sie.

«Das werden wir, nach und nach», sagte Mr. Farinole. «Wußten Sie, daß er die letzten drei alle hier geschrieben hat?»

«Und sogar, während sie sein Haus reparierten», sagte Mrs. Farinole. «Ich begreife nicht, wie er das schaffen konnte.»

«Und seine Köchin war krank – das Haus war in schrecklicher Unordnung», fügte Mr. Farinole hinzu.

«Er hat etwas ganz Außergewöhnliches in einer Zeitschrift geschrieben», sagte sie.

«Er *ist* ein ganz außergewöhnlicher Mensch», sagte Mrs. Farinole. «Haben Sie schon davon gehört, daß er sein Auto selbst repariert hat, als der Mechaniker nicht wußte, was er machen sollte?»

«Und hier ist unser Haus», sagte Mrs. Farinole. «Henry, zeig ihr die widerspenstige Glyzinie.»

Sie blieben ein Weilchen vor der Eingangstür stehen.

«Sehen Sie sich diese Glyzinie an! Eine widerspenstige Pflanze – bestand zwei Jahre lang darauf, nach links zu wachsen, aber schließlich habe ich sie nach rechts und über die Tür biegen können, wo ich sie haben wollte.»

Während dieser Erzählung strahlte die kleine Mrs. Farinole vor Stolz. «Das ist ganz Henry, so *wundervoll* beharrlich zu sein.»

«Glauben Sie», fragte sie, «er könnte auch mich dazu bringen, nach rechts zu wachsen? Ich würde wirklich gern rechtsherüber und über die Tür wachsen, aber es kommt mir unmöglich vor.»

Mr. Farinole lachte. «Sie haben was Irisches in sich, nicht wahr?»

«Nein, warum?»

«Immer wenn Henry etwas Lustiges sagt, sagen wir: ‹Du hast was Irisches in dir, meinst du nicht?›»

«Ach, wirklich.»

«Und er antwortet jedesmal: ‹Aber auch ein bißchen Scotch.› Nun kennen Sie den Lieblingsscherz der Familie», sagte Mrs. Farinole.

«Ich finde das köstlich», sagte sie. Für kurze Zeit vernahm sie nichts mehr vom Rest des Gesprächs. Sie dachte, daß sie Roussell gern fragen würde, was er unter intuitivem Denken verstand.

«Durch intuitives Denken», meinte sie, «könnte ich dazu gebracht werden, nach rechts über die Tür zu wachsen, nicht jedoch durch reines Denken.»

Sie gingen zum Ende des Gartens.

«Was ist denn das? Ein Boot? Ein Boot in diesem Garten?»

«Ich zeige es Ihnen», sagte Mr. Farinole. «Es war schon hier, als wir das Haus bezogen. Es ist ein altes normannisches Fischerboot, das man als Werkzeugschuppen benutzte. Sehen Sie, es ist ganz schwarz, weil man es geteert hat, um es zu schützen. Hat es nicht eine wunderbare Form? So tief, so umfänglich, so behaglich, so sicher ausschauend.»

«Darf ich es von innen sehen, o bitte, darf ich?»

«Wir haben einmal ein Bett hineingestellt, für einen kleinen Jungen, der als Gast hier war. Er bestand darauf, hier zu schlafen. Er fand es so aufregend!»

Innen roch es nach Teer. Da waren ein Bett, ein paar alte Koffer, Gartengerät, Töpfe, Samen und Knollen. Da war ein kleines rechteckiges Fenster zu beiden Seiten der Tür. Das Dach neigte sich ein wenig.

«Oh, ich würde auch gern hier schlafen», sagte sie.

«Haben Sie was Irisches in sich?» fragte Mrs. Farinole.

«Denk an deine Nervenentzündung», sagte ihr Mann.

«Henry ist wahnsinnig stolz auf dieses Boot», sagte Mrs. Farinole.

«Der Gong ruft zum Abendessen», sagte er ausweichend und bescheiden.

Es war alles viel leichter, seit sie wußte, daß das Boot da war – so viel leichter, von einem Thema zum nächsten zu springen und immer vorsichtig zu vermeiden, daß eine gewisse laue Temperatur überschritten wurde.

Da gab es das Boot, das im dunklen Garten wartete, am Ende des sehr schmalen Pfades, das Boot mit seinem leicht gedrehten Eingang, seinen kleinen Fenstern, dem spitzen Dach, seinem beißenden Teerduft ... das uralte Boot, das weit gereist und nun in einem stillen, dunklen Garten versunken war.

Die Atmosphäre in der Bibliothek der Farinoles hatte etwas Enges bei all dem gezwungenen Lachen. Sie durfte nicht aufhören zu lachen. Ihr Mann hatte gesagt: «Die Farinoles haben einen wunderbaren Sinn für Humor.» Da konnte man nichts machen.

Es war Schlafenszeit.

Daß sie wirklich im Boot schlafen wollte, glaubten die Farinoles erst, als sie den Weg dorthin schon halb zurückgelegt hatte, mit ihrem Nachtzeug unter dem Arm. Dann riefen sie: «Warten Sie! Warten Sie! Wir begleiten Sie.»

«Ich kenne den Weg», rief sie zurück und ging schneller.

«Sie werden eine Kerze brauchen.»

«Machen Sie sich keine Sorgen. Mir genügt das Licht der Mondsichel.»

Dann riefen sie noch irgend etwas, aber das hörte sie schon nicht mehr.

Sie ging um das Boot herum. Es war an einem alten Baum befestigt. Sie löste das schimmelige Tau. «Und nun bin ich fort», sagte sie, ging in das Boot und schlug die Tür hinter sich zu.

Sie lehnte sich aus einem der Fenster.

Die Mondsichel war von einer Wolke bedeckt.

Ein Windstoß fuhr durch den Garten.

Sie saß auf ihrem Bett und weinte. «Ich möchte wirklich gern fort. Leute wie die Farinoles möchte ich nie wieder sehen. Ich würde gern einmal laut denken dürfen, nicht immer nur in aller Heimlichkeit.» Sie hörte das Geräusch des Wassers. «Es muß eine

Reise geben, von der man für immer verwandelt zurückkehrt. Es muß viele Möglichkeiten geben, mit dem Leben noch einmal zu beginnen, wenn man einen so schlechten Start hatte. Nein, ich möchte nicht noch einmal beginnen. Ich möchte fernbleiben von allem, was ich bisher gesehen habe. Ich weiß, daß es nicht gut ist, daß ich nicht gut bin, daß es da irgendwo einen riesenhaften Fehler gibt. Ich hab es satt, darum zu kämpfen, daß ich eine Philosophie finde, die zu mir und meinem Leben paßt. Ich will lieber eine Welt finden, die zu mir und meiner Philosophie paßt. Auf diesem Boot könnte ich gewiß davonfahren von dieser Welt, auf einem fremden weisen Fluß, zu fremden weisen Orten . . .»

Am Morgen lag das Boot nicht mehr im Garten.

Ihr Mann nahm den Zwei-Uhr-fünfundzwanzig-Zug nach Hause, um das Problem mit seinem Kompagnon zu besprechen.

Das Boot trieb auf einem dunklen Fluß dahin.

Es gab kein Ende des Flusses.

Am Ufer waren zahlreiche Anlegestellen, aber es sah alles sehr gewöhnlich aus.

Roussell hatte ein Haus am Ufer. Als sie sich anschickte, ihn zu besuchen, fragte er:

«Bewundern Sie mich?»

«Ich liebe Ihr Werk», sagte sie.

«Und das keines anderen?»

«Ich mag Currans Dichtung und Josiams kritische Schriften.»

«Halten Sie nicht hier an», sagte Roussell. Und sie sah, daß er von begeisterten Anbetern umgeben war; so bewegte sie ihr Boot weiter voran.

Eines Tages sah sie am Ufer ihren Mann. Er signalisierte ihr: «Wann kommst du nach Hause?»

«Was hast du denn heute abend vor?» fragte sie.

«Ich werde mit den Parks essen gehen.»

«Das ist kein Ziel», sagte sie.

«Worauf bist du denn aus?» rief er.

«Auf etwas Großes», antwortete sie und trieb fort.

Ruhigere Uferzonen breiteten sich aus. Es gab nichts Glänzendes oder Wunderbares zu sehen. Kleine Häuser überall. Manchmal kleine Boote, an einen Pfahl gebunden. Die Leute benutzten sie für kleinere Ausflüge.

«Wohin geht ihr?» fragte sie.

«Wir wollen ein wenig vom gewöhnlichen Leben ausruhen», sagten sie, «fort für ein paar Stunden, um unserer Phantasie ein wenig Spielraum zu geben.»

«Aber wohin geht ihr?»

«Nach einer Weile wieder nach Hause.»

«Gibt es denn dahinten nichts Besseres?»

«Sie sind aber eigensinnig», sagten die Leute kühl. Sie ließ sich weitertreiben.

Der Fluß kannte verhangene Tage und sonnige Tage, wie jeder andere Fluß. Manchmal gab es einen gewissen Zauber; Augenblicke befremdlicher Ruhe, in denen sie die gleiche intensive Erregung spürte, die sie in der ersten Nacht auf dem Boot erlebt hatte; als würde sie endlich in ein unbeschreibliches Leben hinaussegeln.

Sie sah aus dem kleinen Fenster. Das Boot bewegte sich sehr langsam und nirgendwohin. Sie begann ungeduldig zu werden.

Am Ufer sah sie alle ihre Freunde. Sie riefen ihr fröhlich, aber förmlich zu. Sie spürte, daß sie beleidigt waren. «Kein Wunder», dachte sie, «sie müssen mir inzwischen allerlei Einladungen geschickt haben, und ich habe ihnen nicht geantwortet.»

Dann kam sie wieder an Roussells Haus vorbei. Jetzt war ihr klar, daß sie sich im Kreis bewegt hatte. Er rief: «Wann kommen Sie zurück? Die Farinoles brauchen ihr Gartengerät und auch ihre Koffer.»

«Ich wüßte gern», rief sie, «was Sie unter intuitivem Denken verstehen?»

«Das können Sie ja doch nicht begreifen», rief er zurück. «Sie sind vor dem Leben davongelaufen.»

«Es war das Boot, das davongesegelt ist», sagte sie.

«Seien Sie doch kein Sophist», sagte er. «Es ist davongesegelt, weil Sie es wünschten.»

«Was meinen Sie, könnten wir uns ernsthaft unterhalten, wenn ich ans Ufer käme? Ich glaube, dann würde ich nicht weiterreisen wollen.»

«Oh», sagte Roussell, «aber es könnte sein, daß dann *ich* auf Reisen gehen wollte. Ich mag vollkommene Vertrautheit nicht; Sie könnten einen Artikel darüber schreiben.»

«Sie verpassen etwas», sagte sie. «Es würde ein interessanter Artikel.» Und sie trieb davon.

Am Ufer war immer nur das Übliche zu sehen, und darüber hinaus gab es keine Welt.

Ihr Mann rief ihr zu: «Wann kommst du nach Hause?»

«Ich wünschte, ich wäre jetzt zu Hause», sagte sie.

Das Boot lag im Garten. Sie befestigte das Tau an dem alten Baum.

«Ich hoffe, Sie haben gut geschlafen», sagte Mrs. Farinole. «Kommen Sie und sehen Sie sich unsere Glyzinie an. Sie hat sich schließlich doch noch nach links gewandt, trotz allem.»

«Während der Nacht?» fragte sie.

«Haben Sie was Irisches in sich? Erinnern Sie sich nicht mehr, wie die Glyzinie vor zwanzig Jahren aussah, als Sie uns das erste Mal besuchten?»

«Ich habe viel Zeit vergeudet», sagte sie.

Das Lied im Garten

Sie entdeckte, daß sie etwas Ungewöhnliches an sich hatte, da sie es ablehnte, ihre Puppen wie Babies zu verzärteln, sie in Kinderwagen an der frischen Luft spazierenzufahren, sie in Windeln zu wickeln und mit ihnen auf kindische Weise zu sprechen. Sie machte Männer und Frauen aus ihnen, an deren Handlungen die Mitglieder ihrer Familie Anstoß nahmen, als sie begriffen, daß die Puppen eine unbewußte Parodie ihrer selbst waren. Doch später dann gab sie nicht mehr vor, diese leblosen und ausdruckslosen Körper zu beleben; sie spielte mit anderen Dingen.

Da war zunächst einmal sie selbst. Sie hielt das für ein ziemlich abwechslungsreiches Schauspiel. Auf andere zu schauen, ihnen persönliche Fragen zu stellen war sinnlos. Sie erhielt keinerlei Antwort, oder die Antworten wurden auf viel später verschoben, wenn sie verständig genug wäre, und das Schauen trug ihr nur Verbannung ein, Vertreibung aus den Räumen, in denen sich die Dinge wirklich abspielten.

Also beobachtete sie sich selbst, als wäre sie ein Insekt. Als erstes entdeckte sie, daß sie weinen mußte, wann immer ihre Mutter sang. Es war eine außerordentlich genußvolle Empfindung, welche das ganze Innere ihres Körpers bewegte, anschwellen und überlaufen ließ, um sich dann ganz allmählich in einer Empfindung süßen Friedens zu verlieren. Ein wunderbares Gefühl war das. Der Geschmack der Tränen übertraf alles, was sie je gekostet hatte.

Dann versuchte sie herauszufinden, ob es anderen Kindern ihres Alters ebenso erging. Sie hatte eine Klassenkameradin mit einem mürrischen Gesicht, die fragte sie. Nein, sagte die Mitschülerin, das sei das Albernste, was sie je gehört habe. Man weine, wenn man vom Lehrer geschlagen werde oder sich das Knie aufgeschlagen habe oder wenn einem zürnende Eltern das Vier-Uhr-Butterbrot und die Schokolade versagten. Oder wenn ein Bruder in seiner Grobheit das Gesicht der Lieblingspuppe mit seiner elektrischen Eisenbahn zertrümmere, so wie ihrer das getan habe, um herauszufinden, ob sein Zug wirklich Menschen überfahren könne.

«Oder vielleicht», sagte die Schulfreundin, «hat deine Mutter eine bedrohliche Stimme. Mein Vater hat so eine.»

Sie mußte wohl umfänglichere Nachforschungen anstellen. Dabei brachte sie in Erfahrung, daß ihr Gefühl keineswegs weit verbreitet war und daß Dora, wenn sie Ohrenschmerzen hatte, und Matilda, wenn ihr die Spardose gestohlen wurde, etwas ganz anderes fühlten. Und der Geschmack der Tränen konnte nicht mit dem von Schokolade konkurrieren.

Als sie entdeckte, daß sie der einzige Mensch auf der Welt war, der solch eigentümliche Stimmungen hatte, erfüllte sie eine Freude, die fast stärker war als die Traurigkeit. Auch diese Freude, fand sie schließlich heraus, kannten ihre Freundinnen nicht.

So saß sie eine Weile auf dem Balkon in einem kleinen Korbstuhl zwischen zwei Topfpflanzen und zwei Käfigen mit tropischen Vögeln und umarmte sich selbst so zärtlich, wie sie nie eine Stoffpuppe umarmt hatte, da in ihr so viel Merkwürdiges vorging, was einfach besser war als die Leblosigkeit der Puppen.

Sobald es dunkel und kühl wurde, gingen Vater und Mutter draußen spazieren, um die Hitze des Tages und das wilde Strahlen der Sonne zu vergessen. Ramona, das Dienstmädchen aus Valencia, brachte sie ins Bett, vertraute sie sämtlichen Heiligen im Himmel an und ging, statt nach ihr zu sehen, bis sie eingeschlafen war, hinaus auf den Platz bei dem Brunnen, wo ein Matrose auf sie wartete. Doch die Heiligen gewährten denjenigen keinen

Schlaf, die durch seltsame Gefühle beunruhigt wurden, als trügen sie kitzelnde gefiederte Insekten in der Brust.

Sie lag wach, und in der Dunkelheit spürte sie, wie etwas in ihr kribbelte und sich regte. Es schien, als wüchsen ihr Flügel, wie sie es in heiligen Büchern gesehen hatte. Die Nonnen hatten diese Flügel Seele genannt. Das mußte sie wohl haben. Das mußte sie beunruhigt haben, wenn ihre Mutter sang. Und das war es, was nachts wuchs, wenn Ramona nicht da war, um nach ihr zu sehen.

Aber ihr Vater und ihre Mutter, die von alldem nichts wußten, schrieben ihren Zustand der Hitze und dem Fieber zu, das sich in der Stadt ausbreitete, und sie schickten sie an den Strand.

Den Strand fand sie noch interessanter als den Balkon. Sie war sich selbst überlassen und machte ihre Entdeckungen. Ramonas Schwester, bei der sie untergebracht war, beschäftigte sich unentwegt mit Hausarbeit und mit dem Flicken der Fischernetze ihres Mannes. Das weißverputzte Haus, in dem sie wohnten, lag direkt am Strand, und seine grünen Fensterläden waren von allen Sanddünen und Klippen aus zu sehen, so daß sie sich nie verirren konnte.

Maria hatte eine Tochter, Lola, die ebenfalls zwölf Jahre alt war und die Angewohnheit hatte, über alles zu lachen. Es schien ihr, als wüßte Lola noch weniger als die anderen Mädchen in der Stadt. Wenn man soviel Lärm macht, herumrennt, lacht, kreischt, springt, singt, jedem etwas zuruft, den Fischerbooten zuwinkt, kann man unmöglich hören, was in einem selbst vorgeht. Sie fand in sich einen Nachhall der Geräusche des Meeres, als wäre sie eine hohle Muschel, und die Farben und Düfte sprachen sie anders an als der Gesang. Sie brachten keine Ruhe, sondern den Drang, gegen den Wind anzurennen, weit hinauszuschwimmen und sehr tief zu atmen. Aber statt endlos zu lachen, statt den Fischerbooten etwas zuzurufen und statt beim Abendessen endlos zu plappern, schrieb sie Verse auf die Rückseite ihrer Heiligenbildchen.

«Sind das Kirchenlieder?» fragte Lola, die mühsam die Verse entzifferte. Sie handelten vom Meer, als wäre das Meer lebendig, als würde es singen und fauchen wie ein Ungeheuer; vom Wind, als hätte der Wind eine menschliche Stimme; vom Sand, durch den sie geblickt hatte, während sie ihn immerzu gegen das Sonnenlicht hatte herabrieseln lassen, und den sie für pulverisierte Edelsteine hielt; von den Krebsen, die sie in den Höhlungen der Klippen beobachtet hatte; vom Schaum, von dem sie annahm, er sei Seifenschaum.

«Ich dachte, daß man Kirchenlieder nur auf Gott und die Jungfrau Maria schreibt», sagte Lola.

«Die sind schon geschrieben», antwortete sie. «Aber ich schreibe gern über Dinge, die ich selbst gesehen habe.»

Sie sah ihn zuerst. Er war ein Landstreicher, aber ein wenig anders als die, welche fast täglich vorüberkamen. Er trug einen Hut, langes Haar, und obwohl er kein Hemd trug, war er weder blind noch fehlte ihm ein Bein, und sein Gesicht war sauber.

«Ach, Señora», bat er Maria, «geben Sie mir ein Stück Holzkohle, Sie werden sehen, was für ein schönes Bild ich auf Ihre Mauer zeichnen kann.»

«Sie werden sie schmutzig machen», sagte Maria.

«Man kann es leicht wieder entfernen. Ich putze es dann selbst wieder ab. Ach, geben Sie mir ein Stück weicher Holzkohle, ziemlich lang und dünn, wenn es geht. Ich zeichne dann Sie und die Señoritas.»

Er zeichnete sie, so wie sie da standen, Lola wohlgenährt und verlegen lachend, ihre Augen versteckt zwischen lustigen Falten; Maria mit still ergebenem Gesicht unter dem Tuch, das sie unter dem Kinn gebunden hatte; und sie mit Augen, die wie zwei Fragezeichen aussahen; und sogar die halbgeöffnete Tür hinter ihnen, die Bank, ein Stück von dem Fischernetz, das von dem niedrigen Dach herabhing, das Bündel Knoblauch und eine Steppdecke, die aus dem Fenster hing.

Als er fertig war, gab Maria ihm Brot und Fisch.

«Soll ich es abwischen?» fragte der Landstreicher.

«Nein, nein. Wir wollen es Paco zeigen, wenn er nach Hause kommt.»

Aber Paco blieb zwei Tage auf dem Meer, und als er nach Hause kam, war die Zeichnung teilweise verblichen, darum brummelte er nur ein bißchen darüber.

Aber sie hatte eine Möglichkeit gefunden, ihre Gesänge zu illustrieren, so daß selbst Lola begreifen mußte, was sie bedeuteten.

Ursprünglich hatte sie Heilige werden wollen, weil die so hübsche Gewänder trugen und einen goldenen Heiligenschein um ihr Haar; dann ein Bettler, der weit reiste und Menschen mit Holzkohle zeichnete. Aber jetzt war unwiderruflich entschieden, daß nichts zählte außer dem, was Lola «Kirchenlieder» nannte. Auf diese Weise konnte sie nicht nur wieder zärtlich hervorzaubern, was sie liebte, das Meer, die Bäume, den Sand, den Wind, die Sonne, sondern sie konnte all das sogar besitzen, sie konnte es um sich versammeln und durch Lesen und Wiederlesen der Gesänge das Gefühl erneuern, das sie verspürt hatte, als sie diese Dinge zum erstenmal sah.

Das wurde ihr noch klarer, als sie wieder in die Stadt zurückgeholt und wieder auf dem Balkon allein gelassen wurde. Sie wünschte sich sehr die sorglosen Tage am Strand zurück, und es gelang ihr, sie wiederzufinden. Aber das Geheimnis dieser Gesänge lastete auf ihrer Seele, und sie hatte das Gefühl, es sei Zeit für ein Bekenntnis. Sie zeigte sie ihrer Mutter. Und ihre Mutter begann zu weinen. Wie sonderbar! Was hatten denn Lieder und Gesänge an sich, das Menschen zu Tränen veranlaßte? Sogar eine ausgewachsene Seele, wie sie ihre Mutter wohl besaß, konnte darüber weinen. Und dafür gab es keine Erklärung. Auf ihre Fragen wollte ihre Mutter nur antworten, daß man diese Dinge nicht «Gesänge» nannte.

Sie wurde zum erstenmal in die riesige Bibliothek ihres Vaters geführt. Er unterbrach seine Arbeit, um ihr ein dünnes Büchlein zu geben.

Was sie darin fand, war viel besser als ihre eigenen Aufzeichnungen.

Sie hatte durchaus nicht das Gefühl, als würde sie mit der Bibliothek einen Raum voller Menschen betreten, die all ihre Fragen beantworteten und die sie nun betrachten konnte, solange sie wollte, sondern es war, als hätte sie plötzlich die Tür zu einer umfassenderen Welt gefunden, in der die Menschen nur vage an jene Menschen erinnerten, die sie auf den Empfängen der Eltern gesehen hatte. In den Büchern waren sie viel aktiver, viel farbiger, viel interessanter. Der wirkliche General, der sie donnerstags besuchte, der eine klangvolle Stimme hatte, weiße Handschuhe und Orden trug, war fetter und langsamer als die Generale in den Geschichten, und er mochte Törtchen lieber als Schlachten. Die Damen, die sie gesehen hatte, waren parfümiert, aber manche hatten zu spärliche Wimpern oder Haare auf dem Kinn oder eine rauhe Stimme, wenn sie sangen, oder sie blickten sie durch ein Lorgnon an, das ihre Augen aussehen ließ wie die von Krebsen. Und nie widerfuhr ihnen etwas Großartiges.

In der Bibliothek dagegen entdeckte sie, daß unermeßliche Länder existierten, die nicht allein mit Tausenden von anderen Städten übersät waren, sondern auch mit Schlössern, Wäldern, Haziendas und neuen Stränden, und alles strotzte von Ereignissen und Bewegung. Es gab Verrat, Hingebung, Wunder, Streit, Tod, wilde Eifersucht. Die Damen saßen nicht nur da und lauschten der Musik, sondern sie ritten auf Pferden, verwandelten sich über Nacht in Nonnen, gingen mit Gewehren um, wenn es sein mußte, wurden geraubt oder liefen davon, taten Gift in Weingläser, kleideten sich phantastisch und viel schöner als die Heiligen, tanzten, entbrannten vor Liebe, machten scharfe und witzige Bemerkungen, schrieben heimliche Briefe und hielten ihre Männer zum besten.

Es war alles ein bißchen verworren und nicht immer leicht zu verstehen, aber wenigstens gab es da keine leeren Augenblicke wie zu Hause, keine Augenblicke des Stillstands, keine Tage, die öde Lehrer einem verdarben, und auch mit Beten wurde kaum Zeit vertan.

Noch viel aufregender war ein ganz bestimmtes Buch, das sie

sich eines Tages selbst aussuchte, als ihr Vater ausgegangen war und sie mit dem Buch fertig war, das er ihr gegeben hatte. Er hatte ihr verboten, etwas in die Hand zu nehmen, was er nicht für sie ausgewählt hatte, da es sie langweilen würde. Aber da dieses Buch neben demjenigen stand, das sie gerade gelesen hatte, nahm sie an, es müsse ebenfalls interessant sein.

Das war es auch. Ein Mann gab für seine Freunde ein großes Festmahl mit Kerzenlicht und verschiedenen Weinsorten; in Sand gegarte Trüffeln; Kuchen, die brennend aufgetragen wurden; Fasane mit allen Federn, als würden sie gleich davonfliegen, und Musik ohne Ende. Unter den Gästen war eine Dame, die er mit Komplimenten überschüttete. Sie trug, berichtete das Buch, ein rosa Satinkleid, das nach der damaligen Mode ihre sehr runden Schultern zeigte und den Ansatz kleiner, aber sehr fester Brüste. Sie lachte zu allem, was er sagte, beugte sich aber zurück, wann immer er sich zu weit über sie beugte. Nach dem Mahl und nachdem sie ein wenig getanzt hatte, merkte sie, daß sie nicht so lange aufbleiben konnte wie die übrigen Gäste, denn ihr war schwindelig. Als sie in ihrem Zimmer war, hatte sie nicht die Kraft, sich zu entkleiden; sie fiel sogleich in einen totenähnlichen Schlaf. Stunden später, als alle schlafen gegangen waren, schlich der Gastgeber in ihr Zimmer. Sie hörte und spürte nichts. Er entkleidete sie sehr langsam, liebkoste jede Partie ihres Körpers und küßte sie, bis sie gänzlich unbekleidet dalag; vor Entzücken, berichtete das Buch, bebte und klagte er.

Dann folgte eine leere Zeile und ein Absatz, und die Geschichte fuhr fort mit dem vollständigen Ruin der Frau, mit ihrer Verzweiflung, weil sie nicht wußte, wer der Vater ihres Kindes war, und weil sie den Mann einbüßte, der sie hatte heiraten wollen, bevor man sie auf jenem fatalen Fest mit einem Schlafmittel betäubt hatte.

Und sie, die dieses las, versuchte vergeblich, sich die Tatsachen auszumalen, die mit der leeren Stelle im Buch geschickt umgangen wurden. Es war alles ein Rätsel. Sie war aufgewühlt von der Beschreibung ganz neuer Empfindungen. Es ging ihr nicht länger um den Wind, die lauen Nächte, das seidige Rascheln der Palmen, sondern um diesen Mann, den die Frau so sonderbar erregt hatte.

Wenn mir das widerfahren wäre, dachte sie, hätte ich aufgepaßt, daß ich nicht einschlafe.

Eine Zeitlang schienen sich alle Empfindungen in ihrem Kopf zu verdichten. Sie hatte ein klares Bild von dem Mann und der Frau und eine Vorstellung von noch bunteren, aber weniger hintersinnigen Abenteuern; und dann war da noch ein Haufen eigener Ideen, die sich nicht mehr so leicht niederschreiben ließen, wo sie nun neue Wörter kennenlernte. Voller Süße drangen die neuen Wörter in sie ein, manchmal wie eine Liebkosung, manchmal fielen sie über sie her wie explosive Offenbarungen, erfüllten sie mit Freude und Erregung. Sie waren Wunder; nicht nur benannten sie, was schon vor ihr auf der Welt gewesen war, sondern sie offenbarten auch die unglaubliche Existenz größerer und noch phantastischerer Welten, von unzähligen Menschen, die sie nicht kannte, von ganz anderen Ländern, von unzähligen Gefühlen, die viel aufregender waren als die Gefühle, welche sie beim Erklingen von Musik überwältigten. Gesichter, die sich bislang nur in Mimik, Farbe oder Gestalt unterschieden hatten, erhielten nun eine unglaubliche Vielfalt. Alles, was bisher wie ihre Eltern nur einen Anblick geboten hatte, oder höchstens zwei, einen freudigen und einen traurigen, wurde nun belebt, wandelte sich und verfolgte sie, die wußte, was sich darin verbarg.

Wörter waren nicht nur das Licht, sondern sie stellten selbst Augen dar, und wie sie sich auf den bedruckten Seiten und in ihrer Seele ansammelten, erschienen sie ihr durch ihre starke hypnotische Macht unzweifelhaft wundervoller als der starre bärtige Gott, der niemals sprach, sondern merkwürdige Männer für sich sprechen ließ, manchmal ziemlich schlecht.

Sie erfuhr auch, daß es Wörter gab, die verdorben waren, die man nicht mehr brauchen konnte. Ihr Vater murrte, wenn sie das Wort «Seele» benutzte. «Solche Wörter», sagte er, «sind fahrlässig gebraucht worden; sie haben ihre Bedeutung verloren.»

«Aber was macht man denn, wenn ein Ding existiert und man das Wort dafür braucht?»

«Man spricht nie davon», sagte er. «Oder man erfindet ein anderes.»

Es überraschte sie, daß ihre Eltern, abgesehen von einem gewissen Geschmack in Wörtern, im Grunde keinen Zugang zu ihnen hatten. Ihr Vater, der sechstausend Bücher besaß, nahm sie so gelassen in sich auf wie die Mahlzeiten, verdaute sie ohne Aufregung, versah die Seiten mit gelehrten Randbemerkungen und legte sie aus der Hand, ohne daß seine Miene sich veränderte – oder sein Leben. Ihre Mutter las weniger Bücher, aber mit Demut und stillem Respekt. Verstanden sie wirklich den Sinn der Bücher? Und wenn sie es taten, wie konnten sie dann weiterhin ihr Haus mit uninteressanten Leuten füllen und nur zwischen der Stadt und dem Strand pendeln, wo es doch eine weite, unermeßliche, phantastische Welt zu erkunden gab? Noch schlimmer war es, als sie entdeckte, daß sie jene Gegenden erforscht hatten, daß sie in Indien, Ägypten, Japan, Frankreich, Nordamerika, Rußland gewesen waren, daß dies keine tiefen, dunklen Spuren auf ihren Gesichtern hinterlassen hatte und daß die Geschichten, die sie erzählten, angenehm klangen, aber wie geographische Beschreibungen, die man in der Schule hört.

In ihrem Kopf gab es nun keinen Zweifel mehr, daß sie all das selber sehen und tun müsse. Ihre Eltern mochten klug sein, aber in mancher Hinsicht erinnerten sie an die Klassenkameradinnen, die Schokolade bevorzugten, was das übliche war, und die es auch vorzogen, einander ähnlich zu sein.

Fünf Jahre. Ihr Körper beinahe bewegungslos, eingeschränkt durch Mauern, durch stillschweigende Gewohnheiten. Ihre Seele, von starker Unruhe bewegt und aufgewühlt, ungeduldig auf das Leben wartend. Doch sie hing an den Büchern, als könnten sie ihr als Schlüssel zur ganzen Welt dienen. Sie glaubte wirklich, das wirkliche Leben werde für sie desto klarer, je mehr von ihnen sie las.

Endlich lernte sie den Geschmack des Reisens kennen. Ihre

Eltern nahmen vorsichtig die Pilgerfahrt ihrer Jugend wieder auf. Sie nahmen Reiseführer und Landkarten mit und schliefen in den Zügen.

Sie versuchte, im unbewegten Antlitz der physischen Welt den Sinn widergespiegelt zu finden, den sie in den geschriebenen Worten gefunden hatte. Versuchte, in Ruinen und Museen den Beweis für die geschriebenen Worte zu finden, die Spuren von Ereignissen. Es überraschte sie, daß sie allem eine andere Bedeutung abgewann, ihre eigene. Die Bücher konnten nicht als Schlüssel dienen; sie waren etwas für sich und konnten allenfalls als Hinweise dienen. Das Beste an ihnen war, daß sie sie angeleitet hatten, selbst hinzusehen und ihre eigenen Gedanken zu denken. Doch wenn man in ihnen einen sicheren Boden zu erblicken meinte, irrte man sich. Sie war nur auf sich gestellt. Sie fand Straßen, die nicht historisch verbürgt und doch sehr beredt waren. Sie fand, daß die Augen der Menschen mehr erzählten als die Geschichte. Ihre Eltern fanden, sie habe zu wenig Respekt – vor dem Wissen anderer. Aber sie hatten auch keinen Respekt vor der Sichtweise ihrer Tochter. Wieder begriff sie, daß die Dinge anderes in ihr bewirkten als in den meisten Menschen. Wenn die Welt verwandelt worden war, indem sie die Seele von Schriftstellern passierte, so verwandelte sie sich nun auch, da sie durch ihre Seele ging. Sie brauchte keinen Schlüssel zum Universum; das Universum war in ihr.

Fragmente, mit allem sonstigen in Koffer gepackt. Dahintreibende Ichs, von denen man nicht fortsegeln kann.

Sie erinnerte sich an einen Garten. Alle Kinder spielten dort. Sie wurde von ihnen geschubst und gezogen, als sie einem Ball nachjagten, der wild zwischen ihnen hin und her sprang. Völlig unerwartet drang in den Garten voller Kinder und Sonne und Lärm aus dem Haus ein Lied, ein Wiegenlied. Sie vernahm es und richtete sich abrupt auf. Das Lied schwebte leise in den Garten, während die Kinder weiter lachten und lärmten. Nur sie überkam merkwürdige Traurigkeit. Das Lied wehte zögernd an ihr vorüber, über die Hecke. Süß und schmerzlich drang es in sie ein.

Es gab etwas, das wert war, beweint zu werden; etwas an dem Lied.

Die kleinen Mädchen hörten auf, zu spielen und zu lärmen; alle versammelten sich um sie.

«Bist du gefallen?»

«Hast du dir das Knie gestoßen?»

«Was ist los mit dir?»

Alle neigten die Köpfe über sie. Das Lied kreiste sie mit seiner Klage ein.

«Was ist los?»

«Möchtest du ein Stück Schokolade?»

«Nun komm schon, sei kein Baby!»

«Kannst du nicht mal sagen, warum du weinst?»

Im Garten war es nun wieder still. Der letzte Ton des Liedes verwehte. Auch das Weinen verging, und die kleinen Mädchen sprangen davon.

«Kommst du wieder zum Spielen?»

Die Stimme im Haus, deren Gesang sie vernommen hatte, rief nun in schlichtem, menschlichem Ton: «Komm rein, komm rein. Es gibt Kuchen!»

In den Büchern konnte sie sich ganz unabhängig treiben lassen und ihren Stimmungen nachgeben. Und dieses Dahintreiben, das der Körper nicht wählte, dem er impulsiv, unbedacht nachgab, stieß auf Toleranz und kultivierte Milde, auch auf halbtraurigen Humor und einen gewissen Sinn für ihre Zerbrechlichkeit. Liebe war in diesem Zusammenhang etwas, dem wie einem Instrument höchste Lust abzugewinnen war, und man mußte nur den Mechanismus wegen seiner Raffiniertheit bewundern.

Bevor sie in die dritte Welt kam, glaubte sie, jedes Gefühl zu kennen. Doch ein neuer Traum erschloß sich ihr in dieser sanften, verhangenen Sprache, einer Sprache ohne trügerische Musikalität, so daß alles Triviale tiefsinnig klingen konnte, nicht unwiderruflich klar wie in der zweiten Welt. Denn die dritte Welt schwebte zwischen beiden, wie aus beiden komponiert, und brachte eine neue Erfahrung mit sich. Wenn sie bis dahin gewußt hatte, daß man inbrünstig und klug leben muß, so lernte sie nun, daß man für eine Idee nicht nur leben oder sterben, sondern auch kämpfen muß. Es gab nicht nur die Leidenschaft, es gab auch die Möglichkeit der grundlegenden Wahl, des Widerstehens, der bedachtsamen Umgestaltung. Bis jetzt hatte sie nur so etwas wie eine Konfiguration gesehen, der man sich unterwarf, sei es aus Sinnesschwäche oder aus Gleichgültigkeit gegen geistige Ansprüche. All das trat ihr besonders deutlich in der Poesie entgegen. So reich an Empfindungen, an Gefühl und Gedanken die Poesie auch war, sie flüsterte mit Worten, auf die man den Finger nicht legen konnte, daß es Magie gab, Geheimnisvolles, eine nie gesehene Welt.

Es schien ihr, das Kind, das weinen konnte – nicht über ein Lied, sondern aus einer Ahnung von Dingen, die es wert sind, beweint zu werden – geleite sie nun in fremde Welten, während andere, die im selben Alter waren, immer noch Schokolade, Detektivgeschichten und ein mit Etiketten versehenes Leben bevorzugten, so sicher wie Kekse in einer Dose.

Angst vor dem schönen Nizza

Sie waren zu zweit, ein alter Mann mit Rheumatismus, der sich unentwegt über eine asthmatische Gitarre beugte, und ein jüngerer Mann, der mit opernhafter Angriffslust sang. Aber es war früh am Morgen in Nizza, und im Licht der Sonne löste sich jede Kritikfähigkeit auf. Lyndall besaß mehr als genug kleine Münzen, im Papierkorb fand sich ein leerer Umschlag, ihr Fenster stand offen, und sie war mit der unangenehmen Aufgabe beschäftigt, einen Text zu überarbeiten. Also lehnte sie sich aus dem Fenster und lächelte zu den Musikanten hinunter.

Wie süß das Leben doch war! Sie wiegte sich in der Wärme und in dem Licht, leicht wie ein Wattebausch. Andere Arten von Musik waren belebend und erhebend, aber diese entsprach so viel mehr ihrem eigenen Leben; verstimmt manchmal und nur zu oft auf billigen Instrumenten gespielt, mit rheumatischen Fingern. Der komische kleine Ton da erinnerte sie an die Zeit, als ihr frischgebackener Mann auf der Hochzeitsreise seekrank gewesen war; jener schrille Ton an die raffgierigen Führer, die ihrer Italienwallfahrt alles Erhabene genommen hatten; der wacklig langgezogene Ton nun gemahnte sie an die vielen, wenig ruhmreichen Augenblicke, wenn ihr Mann die Rechtschreibung ihrer hochgeschraubten Sätze korrigierte, wenn er ihre liebsten Wörter als «ausländische Erfindung» bezeichnete, «die man nicht irrtümlich für Englisch halten» dürfe . . .

Der Mann, der sich nebenan aus dem Fenster lehnte, warf Geld in eine Zigarrenkiste und lachte über die albernen Melodien, und Lyndall sah, daß er auch über sie lachte, die sich über dem Geländer gedankenverloren im Rhythmus der einschmeichelnden Klänge wiegte.

An diesem Abend aßen Lyndall und ihr Mann im *Grand Hotel*. Lyndall fand, es gebe zu viele Kellner; einen, der ihre Zigarette anzündete, einen, der den Wein einschenkte, einen, der das Fleisch servierte, einen anderen für den Fisch und noch einen für das Dessert und schließlich einen weiteren für die Rechnung.

Sie versuchte in diesem trügerischen Luxus ein richtiges Essen zu entdecken, aber warum schmeckte ihr Kartoffelsalat nach Minze, und warum sah ihr Lammkotelett wie eine Blume aus? Die rote Bete war so hauchdünn geschnitten, daß sie nach Luft schmeckte, und das Brot schwand unter Papiergeraschel dahin. Alles war mit pulverisiertem Gras bestreut, und die pürierten Kartoffeln trugen eine Dauerwelle. Unzählige Schüsseln wurden auf Wägelchen angefahren, aber sie konnte nicht erraten, was sich darin befand; Gemüse waren unter rosa Saucen versteckt, das Fleisch kam in Form von Sternen, von Murmeln, von Käfern und war mit kandierten Augen garniert, so daß es Mäusen glich. Sie gab das Raten auf, schluckte, ohne etwas zu schmecken, saß würdevoll da, nährte sich von der anämischen Musik, rauchte maßlos und führte ihre glänzenden Fingernägel vor. Sie hätte am liebsten ihr Glas zerbrochen, in das gerade ein stoisch blickender Kellner so konzentriert und gewissenhaft Wasser eingeschenkt hatte, daß sie sicher war, es werde wie Champagner schmecken.

Dann bemerkte Lyndall, daß der Mann, der den Musikanten Münzen zugeworfen hatte, an einem Tisch in der Nähe saß. Er lächelte alles an, das Essen, die alten Damen, die alleinstehenden Damen, die Kellner – alles mit der gleichen, sie gelinde irritierenden Nonchalance.

«Ach, den Mann kenne ich doch», sagte ihr Mann. «Er leitet die Gummistempelgesellschaft. Ich bin ihm letzte Woche geschäftlich begegnet. Ich muß mit ihm sprechen.»

Man stellte einander vor. Sein Blick veränderte sich nicht. Er schien Lyndalls ungewöhnliches Achtzehnhundertdreißig-Gesicht nicht wahrzunehmen. Sogar Lyndalls Mann nahm das übel. Was nützte es dann, daß so viele Maler ihr Gesicht als Anachronismus im Zeitalter der Massenproduktion beschrieben hatten?

«Nichts Besonderes hier», sagte Mr. Breman. «Wie ein riesiges Treibholzlager kommt mir das vor, für Leute, die das Nichtstun satt haben. Flau, knochenlos, ältlich . . .»

«In den Augen eines jungen Geschäftsmannes gewiß«, sagte Lyndalls Mann.

«Aber nein. Persönlich sehne ich mich nach echten Bergen und Wind, der die Wolken und seelischen Spinnweben wegfegt.»

«Man sieht, sie sind noch nicht lange genug in Europa, um sich der Liebe zum Müßiggang hinzugeben», sagte Lyndall mit einem Blick, der den Satz zum Kompliment machte. Aber der Direktor der Gummistempelgesellschaft blieb unzugänglich.

«Machen wir einen Spaziergang?»

«Ich führe euch», sagte Lyndall. «Ich habe eine wundervolle Stelle entdeckt.»

Es war ein weißer zementierter Pfad, der in Windungen den Hang hinab zum Meer führte. Er war gesäumt von tropischen Pflanzen, riesenhaften, wilden, stacheligen Kakteen, langfingrigen Büschen, die sich ausbreiteten wie Kraken; anderen, die Blüten wie dickblättrige Kohlköpfe trugen; wieder andere wanden sich wie Schlangen – alles war üppig und samtig. Die Pflanzen wuchsen mit Leidenschaft, klammerten sich mit großer Mühe am Boden fest und erinnerten an Wüste, Dschungel und Meeresgrund. Der Wind vom Meer bewegte sie nicht. Niemals konnten sie jung gewesen sein, sie mußten vom ersten Augenblick an ihre ganze Fülle gehabt haben, und sie wurden nie alt, bekamen nie Falten und ließen den Kopf niemals hängen, sondern waren bis zum Ende merkwürdig zeitlos. Es waren Pflanzen ohne Duft oder Anmut, die ohne Erde wuchsen und sich auf mysteriöse Weise von Sonne und Wasser nährten.

Die drei nun schattenhaften Gestalten beugten sich zu ihnen

und sprachen über sie. Lyndall fürchtete, daß Mr. Breman die Gummibäume mit seiner Gummifabrik in Verbindung bringen würde, mit der Fabrik für Gummistempel und anderen geschäftlichen Dingen. Es war ein so fatal naheliegender Pfad; und der Abend wäre verdorben. Oder wenigstens würde sie sich daraus zurückziehen und auf eine innere Reise in andere Welten begeben müssen. Wo Lyndall doch eigentlich gern Gesellschaft hatte.

Doch Bremans Gedanken schienen nicht in die befürchtete Richtung zu laufen. «Ist Ihnen im Hotel die Dame mit der orangefarbenen Seidenperücke aufgefallen, deren Kinn nur durch eine Injektion von Paraffin in Form gehalten wird und sofort schmelzen würde, wenn sie nach Algerien käme?»

Lyndalls Mann fragte, ob ihm die südamerikanische Dame lieber wäre, die auf zwei Stühlen zugleich saß und ihren Pekinesen nicht sehen konnte, wenn er sich auf ihrem Schoß zusammenrollte.

«Nein», sagte Mr. Breman.

«Würden Sie einer mageren modernen Frau den Vorzug geben», fragte Lyndall, «die Sie mit unentschlüsselbaren Botschaften bombardiert und zugleich mit Tennisbällen, die niemand zurückspielen kann?»

«Ich träume von einer Frau», sagte Mr. Breman, «die blaß und intellektuell aussehen dürfte, aber sehr dezente Kleider trüge und Musik mit der Miene der heiligen Anna von da Vinci hören würde; die mit kräftigen Händen den Tee servieren könnte und ironische Bemerkungen machte . . .»

«Nicht so schwer zu finden.»

«Moment, das ist noch nicht alles. Sie müßte auch imstande sein, in einem schlichten kleinen Wollkostüm unermüdlich über Bergstraßen zu wandern, müßte sonnengebräunte Wangen haben, ein Lied auf den Lippen und zu naiven Gesprächen bereit sein.»

Lyndall wirkte ziemlich überwältigt von dieser Beschreibung und antwortete mit längerem Schweigen. «Ein allzu romanhafter Wunsch», sagte sie schließlich.

«Ich schreibe in meiner freien Zeit», sagte Mr. Breman.

«Oh», sagte Lyndalls Mann. «Jetzt verstehe ich, warum das Gespräch die logische Sphäre verlassen hat. Ich dachte, es liege an dem Riviera-Abend, den Pflanzen und dem Meer.»

Sie konnten nun kaum noch das Gesicht des anderen erkennen. Der Duft anderer Pflanzen hüllte sie ein. Die Wellen leckten sanft am Sand. Die Zigaretten leuchteten wie Glühwürmchen.

«Ich bin auch kein echter Geschäftsmann», fügte Lyndalls Mann nach einem Augenblick hinzu. «Ich finde Lebensgeschichten interessanter als die Wirtschaft.»

«Das gibt er nur im Dunkeln zu», sagte Lyndall.

«Schade, daß ich morgen abreisen muß», sagte Mr. Breman. «Morgen früh um neun. Wegen Geschäften. Und, um die Wahrheit zu sagen, auch, weil ich Angst vor dem schönen Nizza habe. Es ist ein Ort, der es in sich hat. Er nimmt dem Leben seinen Stachel. Ich rede gleichsam dagegen an, um mich munter zu halten. Die Wahrheit ist, daß es mir ungemein gefällt, mich einlullt, mich dazu bringt, all die großen Dinge, die ich aufbaue, geringzuschätzen und Geschäftigkeit zu verachten. Und haben Sie nicht bemerkt, daß auch die Leute, die hier ihre letzten Jahre in der Sonne verleben, einen hierbehalten wollen, einem ihre Gästezimmer anbieten, ihre Sonnenterrassen und Yachten. Nach einer gewissen Zeit habe ich das Gefühl, nicht mehr zu gehen, sondern auf Wolken zu schweben; alle herben Töne verschwinden, der Sinn für den Kampf und alles Begehren. Man legt sich hier eine hinduistische Philosophie zu – Wunschlosigkeit, Auflösung in nichts . . .»

«Es ist erholsam», sagte Lyndalls Mann. «Nehmen Sie es hin, und wenn Sie sich wieder energisch genug fühlen, brechen Sie auf.»

«Aber dann breche ich nie auf.»

«Also reisen Sie so plötzlich ab, weil sie vor Nizza Angst haben?»

«Ja.» Er schlug auf seine Jackettasche. «Hier habe ich mein Ticket.»

Alle drei erhoben sich und gingen gemächlich zum Hotel zurück. Im Aufzug entdeckte Lyndalls Mann, daß ihm die Zigaretten ausgegangen waren, wo er doch vor dem Schlafengehen immer rauchte. Er stieg aus. Lyndall und Mr. Breman standen da. Dann sah er sie mit lachenden Augen offen an und sagte: «Nicht vor Nizza habe ich Angst – vor *Ihnen.*»

Zigeunergefühl

«Hilf mir, Mariette. Ist die erste Nummer schon zu Ende?»

«Sie hat nicht einmal begonnen. Ich habe gerade nachgesehen. Die Sängerin hat zwei Vorhänge gehabt und beginnt gerade mit einer langen Zugabe. Hörst du nicht?»

«Ja, verdammt.»

«Du bist doch nicht nervös?»

«Nur ein bißchen – es ist das erste Mal, daß ich in Paris tanze – woher soll ich wissen, ob das gutgeht? Gestern abend ist mir eine schwarze Katze über den Weg gelaufen; du weißt ja, was das heißt. Und heute ist Freitag. Und Manuelo ist hinter meinem Dienstmädchen her. Und Manuelito hat Keuchhusten . . . das alles macht mir Sorgen.»

«Hier sind deine Nelken und da die Kämme.»

«Reich mir erst die gelben, dann die roten. Ich sehe doch heute wirklich gut aus, oder? Du hast nicht soviel Feuer wie ich, Mariette, aber du bist eine gute Freundin. Die beste, die ich je hatte.» Sie wandte sich ihrem Spiegelbild zu: eine heißblütige, üppige Zigeunerin mit ölig glänzendem schwarzen Haar, leidenschaftlichem Lächeln und dunkelgoldener Haut. Ihre schweren Brüste hoben sich und dehnten das rote Mieder. «Hilf mir mal mit dem Schal.» Sie legte die Enden über Kreuz und steckte sie über ihren Brüsten fest. «Zieh ihn hinten weit runter. Ich muß Rücken zeigen.»

«Einen hübschen Rücken hast du», sagte Mariette. Er war wohlgepolstert und bog sich in sanfter Kurve zur Taille hinunter.

Lolita stampfte mit den Absätzen auf: «Ich darf nicht vergessen, die Schuhsohlen anzufeuchten. Hältst du bitte mal die Kerze?» Mit großer Sorgfalt tuschte sie ihre Wimpern. «Stell dir nur vor, wenn ich nicht hier tanzen würde, müßte ich in der Fabrik arbeiten, soviel ist klar. Bei sieben Kindern könnte ich es mir ja wohl kaum leisten, nichts zu tun, oder?»

Geistesabwesend spielten Mariettes Finger auf dem Tamburin. Sie betrachtete ihre Finger; es waren stille Finger. Sie betrachtete ihr Gesicht im Spiegel; es war ein stilles Gesicht. Wo war ihr Leben? Gewiß nicht an der *Oberfläche*; es war kaum zu entdecken. Ganz anders als bei Lolita mit ihren üppigen Kurven, den blitzenden Augen, den unruhigen, molligen Händen, dem glänzenden Haar, den goldenen Ohrringen, die ihr Gesicht ständig umtanzten, den Halsketten aus Gold oder Korallen, die ihren Hals umspielten oder teilweise in die schattige Höhle zwischen den prallen Brüsten glitten, um dann warm und feucht in aller Unbekümmertheit wieder hervorgezogen zu werden. Denn Lolita war immer warm und feucht, vom Tanzen oder von ihren Kämpfen mit Manuel oder vom letzten Essen oder weil sie eines der sieben Kinder verhauen hatte. Und ihr Körper verströmte einen starken, gesunden Tiergeruch. An Lolita ließ sich alles ablesen, erfühlen oder sogar riechen. Sie erinnerte Mariette an ein fettiges spanisches Gebäck, das in Obstsirup schwamm, an gelbes spanisches Zuckerwerk, das wie Nektar im Mund zerging, an die Sonne, die in großzügigen goldenen Körpern immer neue Säfte zum Fließen brachte, ewig aufsteigende und hervorquellende Säfte. Wann immer Mariette beim ruhigen, einsamen Schreiben plötzlich ihren Körper nicht mehr spürte, brauchte sie nur Lolita besuchen zu gehen, um wieder warm zu werden.

Auf Lolitas Kleid raschelten die wogenden Rüschen. Ihre vielen Unterröcke waren steif gestärkt. Wie eine große Woge verließ sie die kleine Garderobe, von eigener Wärme strotzend, während Mariette in der Zugluft auf den Theaterfluren fröstelte.

Mariette stand nun zwischen den Falten des grauen Vorhangs und sah zu, wie Lolita tanzte. Und Mariette erfand Worte, während sie den Gebärden folgte: stolz gedrehter Körper – siegreich für einen Augenblick, dann langsames Schreiten, eine flotte Wendung und Trommeln mit den Füßen – Drehung in der Taille – Arme über dem Kopf in Schwingung – langsame wellenförmige Bewegung – Stampfen – langsame wellenförmige Bewegung – Stampfen, der linke Arm über dem Kopf gebogen – und dann entfesseltes Tanzen mit Füßen, Körper und Armen zugleich, dazu Tamburinklänge ... plötzlich dargebotene Brüste, katzenhaftes Davongleiten, wellenförmige Bewegungen, fließende Spiralen, unvermittelt peitschende Kehrtwendungen, Hingabe ... Wirbeln, wahnsinniges Wirbeln. Halt. Langsames, träges Schreiten, schwingende Hüften, sanfte Schwünge, Öffnen der Beine ... die Arme biegen und strecken sich fröhlich, Spiralenbewegungen des Körpers, Wendung und Wirbel – ein Aufstampfen, kompakt und entschieden – und zunehmendes Aufstampfen und Trommeln zu wogendem Tamburin.

Oder, beim zweiten Tanz: gebeugtes Schleichen und plötzliche Dschungelsprünge, wildes Vorwärtsstürmen unter Zuckungen und Spasmen – Schütteln des ganzen Körpers zum Trommeln der Füße, beseligtes Schütteln bis zum Höhepunkt unvermittelter Ruhe, mit phosphoreszierend grünen Augen wie die von Tieren in der Dunkelheit und einem wissenden Lächeln, den intimen Triumph ankündigend, denn das Blut der Zuschauer pulsiert nun in ihrem Rhythmus, und auch sie keuchen vor brennender Leidenschaft.

Es war vorüber.

Kämme, Halsketten, Ohrringe, Blumen, gestärkte Unterröcke und das flammendrote Kleid wurden in ein großes gelb-rot kariertes Tuch geschleudert. Lolita zog einen zerrissenen Kimono über und setzte sich vor den Spiegel, öffnete den Cold-Cream-Tiegel.

In diesem Moment klopfte jemand. Es war ein großer Mann, der sich beim Eintreten bückte. Er hatte die gepolsterten Schultern und die schmale Taille, die 1931 Mode waren. Gestreiftes Hemd und weite Hosen.

«Oh, Madame Lolita», stieß er hervor. Und blieb stehen. Sie streckte ihm ihre kleine, mollige Hand entgegen. Er beugte sich darüber und küßte sie überwältigt. «Ihr Tanz.» Lolita wandte den Blick langsam ihrer Creme zu. Der Mann nahm sich einen dreibeinigen Schemel und sah sie voller Bewunderung an. Mariette warf Lolita ein Tuch über die Schultern, damit der junge Mann nicht sehen konnte, wie schmutzig der Kimono war. Warum sie das tat, hätte sie nicht sagen können. Er war so jung und so erregt von seinem Traumbild.

Lolita schob mit einem Seufzer den Cremetiegel beiseite und begann ihr Bündel zu verknoten und ihre Straßenschuhe anzuziehen.

«Manuelo ist nicht gekommen», sagte sie. «Der alte Teufel! Immer wenn ich tanze, nutzt er die Gelegenheit, dieses Mädchen ins Café auszuführen. Ein Vater von sieben Kindern. Und ich schwitze mich kaputt, um ihn zu unterstützen. *Una vida de perro*. Na ja, so sind eben die Ehemänner.» Sie saß ganz still da; in sich zusammengesunken und vom Tanz erschöpft. Ihre Fülle quoll über den Kimono.

«Darf ich Ihnen meine Freundin Mariette vorstellen», sagte Lolita.

Der junge Mann fuhr zusammen und reichte ihr linkisch die Hand.

«Sind Sie Zigeunerin?» fragte er.

«Sie schreibt», sagte Lolita, «sie schreibt für Zeitungen, über Tanz.» Der junge Mann wandte sich ab. «Wissen Sie, Ihr Tanzen hat mich überwältigt. Es war so leidenschaftlich, so voller Zigeunergefühl.»

«Ach, wirklich», sagte Lolita und reinigte sich die Fingernägel.

«So lyrisch! Welche Glut, welcher Ausdruck. Ich bin ganz außer mir. Ich träume schon immer von Zigeunern; für mich sind sie die einzigen, die auf der Welt wirklich *lebendig* sind. Nach dieser Zigeunerlebendigkeit habe ich auf der ganzen Welt gesucht. Erzählen Sie mir, wie Sie leben, erzählen Sie mir von Ihrer Freiheit, von Ihren Gefühlen.»

Mariette lachte.

«Ich weiß nicht», sagte Lolita, «Manuelito hat Keuchhusten. Das macht mir Sorgen. Wenn ich nicht tanze, hab ich zu kochen und zu nähen.»

«Kochen und nähen! Aber das müssen Sie doch hassen. Welch ein Absturz nach der Intensität und Farbigkeit des Tanzens.»

«Intensität ja», sagte Lolita. «Ich versichere Ihnen, es ist verdammt harte Arbeit, aber viel angenehmer als Fabrikarbeit.»

«Lolitas Mann ist faul», sagte Mariette.

«Sprich nicht schlecht über ihn», sagte Lolita, «er ist der Vater meiner Kinder. Er hat ein kleines Bauernhaus in der Nähe von Valencia. Wenn wir alt sind, ziehen wir uns dorthin zurück. Darauf spare ich. An einem Tag wie heute wünschte ich, ich wäre schon dort.»

«Aber der Zauber Ihrer Arbeit, Ihr Ruhm», sagte der junge Mann.

«Das ist eine Möglichkeit, seinen Lebensunterhalt zu verdienen. Und jetzt muß ich mich umziehen.»

Der junge Mann begriff und entfernte sich.

Mariette fuhr mit dem Bus nach Hause – zu ihrem Hotelzimmer. Der Artikel mußte am nächsten Tag fertig sein. Bis elf arbeitete sie daran, prüfte noch einmal die Worte, die ihr beim Zuschauen in den Sinn gekommen waren. Das Farbband der Schreibmaschine mußte gewechselt werden. Ihre ruhigen Finger wurden ungeduldig. «Manchmal hätte ich selbst Lust zu tanzen», dachte sie, während sie auf ihrem Stuhl festsaß. Wieder war sie im Theater, aber nicht zwischen den Falten des grauen Vorhangs. Jetzt stand sie auf der Bühne, wiegte sich, stampfte auf und schlug das Tamburin. Sie fühlte die gute alte Lebenskraft rhythmisch in ihrem Körper pulsieren. Die Sonne – der Geruch animalischer Haut, der Geschmack gelben spanischen Zuckerwerks und die wahnsinnige Sonne. Und die Beschreibung war damit durchaus noch nicht beendet. Mariette hatte plötzlich dieses Zigeunergefühl: Es gab keine Mauern mehr, keine Grenzen, keine Bedenken. Sie zockelte auf einem wackeligen Gefährt auf freier Landstraße vorwärts, und alles, was geschah, geschah ohne Anstrengung. Sie tanzte, wenn ihr danach war, schlief, wenn ihr danach war, träumte, wusch ihr Gesicht und ihre Kleider in Bächen, unterhielt sich mit Landstreichern und mußte sich um Worte keine Sorgen machen, freute sich nur ihres Lebens, den ganzen Tag auf offener Landstraße, in Einklang mit aufkommendem und schwindendem Nebel, mit Regenschauern und dem flimmernden, geliebten Sonnenlicht. Und alle Kraft, die sie aus dem frischen Leben und dem Alleinsein gewann, würde sich im Tanzen entladen, im Rhythmus ihres Blutes würde sie dem Höhepunkt ihrer Gefühle und äußerster körperlicher Stärke entgegenwirbeln . . . sie würde das Zigeunergefühl tanzen.

Ach, dieses Farbband, das schon wieder verrutscht war! Immerhin war der Artikel fertig. Sie war müde. Sie deckte die Schreibmaschine ab, stellte den Wecker, damit sie früh in der Zeitungsredaktion sein konnte, nahm die Nadeln aus ihrem feinen Haar und schlüpfte mit fröstelndem Körper zwischen kalte Bettücher – verflucht, das Zimmermädchen hatte wieder die Wärmflasche vergessen.

Ein Mann, sagte das Zimmermädchen, warte auf sie in der Hotelhalle (in dem abscheulich grün-violetten Raum!). Es war der junge Mann, der Lolita besucht hatte. Er wirkte verzückt.

«Sie haben es, Sie haben es, das Zigeunergefühl! Unvermischt! Perfekt! Würden Sie heute abend mit mir essen?»

«Was ist mit Lolita?» fragte Mariette.

«Sie stopft Socken. Habe ich übrigens schon erwähnt, daß ich Dichter bin?»

«Das habe ich mir gedacht», sagte Mariette.

Der Russe, der nicht an Wunder glaubte – und seine Gründe dafür hatte

Sie ging in ein Café am boulevard Montparnasse. Der Kellner wedelte mit einem Tuch über den kleinen Tisch. Gleich neben ihr saß, ein Glas Cognac vor sich, ein niedergeschlagen wirkender junger Mann, der sich an seinem Stuhl festzuhalten schien.

«Kaffee», sagte sie zum Kellner.

«Nicht Kaffee», sagte der Mann, «der Kaffee hier ist ungenießbar. Bringen Sie ihr ein Glas Portwein, Garçon.» Und als der Kellner fort war: «Ich hoffe, Sie können es bezahlen. Ich kann nicht mal meines bezahlen.»

«Man wird sie rauswerfen», sagte sie.

«Das ist mir egal. In ein paar Stunden lebe ich sowieso nicht mehr.»

Sie sah so bestürzt aus, daß sich der Mann zusammennahm und sich über seinen Tisch lehnte, um sie besser sehen zu können.

«Ich bin Russe», sagte er zur Erklärung.

«Und?»

«Ich werde mich in die Seine stürzen, sobald ich dieses Café verlasse.»

«Aber warum denn?»

«Ich hab es satt. Kein Geld mehr und keine Hoffnung, je welches aufzutreiben.» Er wandte sich ab, kippte seinen Cognac runter und wischte sich mit dem Ärmel über den Mund.

«Ich habe einmal einen Palast besessen . . .»

«Ich bezahle Ihren Cognac und leihe Ihnen zehn Francs, aber verschonen Sie mich bitte mit Geschichten.»

«Das ist ein Angebot. Können Sie sich das leisten, obwohl ... Sie sehen aus ... hm ...» Seine Augen verweilten auf ihrem Hut.

«Stimmt etwas nicht mit mir?» sagte sie, nahm ihren Hut ab und betrachtete ihn. «Er ist nur ein bißchen naß geworden.»

«Wahrscheinlich sieht er bei trockenem Wetter besser aus», sagte der Mann. «Ein scheußliches Wetter. Besonders der Nebel bringt mich aus der Fassung.»

«Oh, Nebel verwirrt Sie auch?»

«Ja. Und doch mag ich ihn. Ich stelle mir gern vor, ich wäre gestorben und erwache plötzlich zu neuem Leben.»

«Das könnten Sie auch, ohne zu sterben. Was hindert Sie daran? Ich glaube, wir können den Menschen von gestern fortwerfen wie einen alten Mantel, der uns nicht mehr gefällt, und tatsächlich ein neues Leben beginnen. Es gibt keine Wände zwischen gestern, heute und morgen oder zwischen Ihrem und einem anderen Leben, einem anderen Menschen. Versuchen Sie einmal, die Welt jeden Tag so zu sehen, wie Sie sie heute im Nebel gesehen haben, als Ort, an dem alles geschehen könnte. Sie wissen nicht mehr, wo Ihr altes Zuhause war, also können Sie auf ein neues zugehen. Sie können die Gesichter der Leute, die Sie kennen, nicht mehr sehen, also freunden Sie sich mit neuen an, so wie heute mit mir. Die Angst, daß heute mit gestern zusammenhängt und man der Kontinuität nicht entrinnen kann, ist nur eine Zwangsvorstellung. Der Nebel zeigt einem, wie die Welt in Wirklichkeit ist.»

«Ich würde mich gern verändern.»

«Nun, wenn Sie es sich wünschen, funktioniert es wie Aladins Lampe.»

«Wenn das so ist», sagte der Russe, «warum wünschen Sie sich dann nicht einen anderen Hut?»

Sie schmollte. Das Café leerte sich. Die Kellner stellten die Stühle hoch und begannen zu kehren. Der Russe brütete vor sich hin. Schließlich sah er sie zärtlich an, um sie zu versöhnen.

«Könnten Sie denn Ihr eigenes Leben verändern?» fragte er.

«Natürlich. Man macht keine Pläne. Die Welt ist ein Chaos. Wir nehmen uns, was wir brauchen, wenn wir mutig genug sind und es glühend genug begehren. Sie sind heute, wo Sie sind, weil Ihr Kopf leer war.»

«Nein, weil meine Taschen leer waren.»

«Geld ist nur eine Ausrede.»

«Es fällt mir nie zu.»

«Gehen Sie los und nehmen Sie es sich.»

«Ich glaube Ihnen nicht. Warum wollen Sie keines für sich?»

«Leute mit guten Ideen haben nicht die Zeit, sie zu erproben.»

«Wie war denn Ihr Leben bisher?»

«Nach außen hin langweilig, aber innerlich sehr aufregend.»

«Innerlich?»

«In meinem Kopf.»

«Woher kommen Sie?»

«Von überall. Mein Blut ist gemischt. Ich hab mich vorwiegend von Büchern ernährt, darum bin ich etwas kopflastig, und manchmal ist mir ein bißchen schwindelig.»

«Wäre es für ein Mäuschen wie Sie zum Beispiel möglich, Tänzerin zu werden?»

«Durchaus.»

«Wie lange würden Sie dazu brauchen?»

«Verschieben Sie das Sterben.»

«Ich kenne ein Café, wo es guten Kaffee gibt – *Chez Bonhomme*. Wollen wir uns da treffen?»

«Auf dann, in einer Woche.»

«In einer Woche? Aber Ihre zehn Francs reichen mir höchstens einen Tag!»

«Wollten Sie nicht Ihr Leben ändern?»

«Ich kenne keine Frauen», sagte der Russe. «Dieses Jahr sind sie alle auf Argentinier und Spanier versessen.»

Sie schob es viele Monate auf, ihn wiederzutreffen. Als sie schließlich in dem Café erschien, in dem sie sich zuerst gesehen hatten, wieder an einem nebeligen Abend, wirkte er mürrisch.

«Champagner», bestellte sie kühn und hielt ihren mit einem wundervollen Hut geschmückten Kopf ganz anders.

«Wir hätten uns an einem heitereren Ort treffen können», sagte der Russe und schnüffelte, um den Preis ihres Parfums zu schätzen. «Sie haben es schnell geschafft. Wer ist es?»

«Ich hab nur Theaterarbeit angenommen.»

«Ich zahle Ihren Champagner und leihe Ihnen zehn Francs, aber verschonen Sie mich mit Geschichten.»

Sie gab ihm eine Eintrittskarte für die Show, in der sie auftrat. Sie war im Chor. «Und wie geht es Ihnen?»

«Mir? Wieder reif für die Seine. Übrigens, ich glaube nicht, daß Sie mir wirklich helfen wollen.»

«Nicht mit Geld.»

«Wenn Sie jemanden mögen, warum helfen Sie ihm dann nicht aus?»

«Warum sollte ich Sie mögen?»

Der Russe sah traurig und gekränkt drein. «Ich habe noch nie Reklame für mich gemacht.»

Der Champagner füllte eine lange Pause.

«Wir haben einander nicht viel zu sagen», sagte der Russe kummervoll. «Ich sollte mit Ihnen ins Bett gehen.» Er beugte sich mit seiner besten Annäherungstechnik vor.

«Zu simpel», sagte sie. «Das ist langweilig. Zur Abwechslung einmal eine Frau, die Sie nicht bekommen. Ist das nicht spannend?»

«Es ist ein Spiel», sagte er. «Und es geht immer gleich aus.»

«Ich sehe, Sie glauben an Veränderung . . . an die Veränderung von Frauen. Aber das wird *Sie* nicht verändern.»

«Meinen Sie, ich habe es nötig?»

«Sehr sogar. Aber . . . adieu!»

«Gehen Sie nicht. Ich höre Ihnen gern zu. Aber, hören Sie einmal mir zu. All dies ist mir schon einmal widerfahren, deshalb funktioniert es nicht. Eine Frau forderte mich auf, mich zu ändern. Ich glaube, Frauen mögen dieses Spiel. Ich war ganz allein, kalt, kraftlos, pessimistisch, gleichgültig. Sie beschützte mich; sie war zärtlich, sie war hübsch, sie war tüchtig. Ich hörte mir an, was sie von mir hielt, und glaubte es schließlich selbst. Es belebte mich.

Es war eine Auferstehung. Sie weckte alle meine Talente. Ich hatte ein paar Stücke geschrieben. Sie brachte mich dazu, eines zu verkaufen und noch eines. Ich fand Freunde. Sie brachte mich immer weiter voran. Ich begann mich locker zu bewegen, lachte, wurde witzig und lebhaft. Sie war glücklich. Da war sie, machte mich munter, flößte mir mit ihren Worten, mit ihrer Gegenwart und ihren Versprechungen Enthusiasmus ein . . . Nein, sie gab nie etwas Greifbares. Sie hielt sich wie ein fernes Ziel in Distanz. Wie ich schon sagte, ich wurde erfolgreich. Ich hatte die Seine vergessen. Und dann verlor sie das Interesse an mir. Sie hatte mich gemacht. Sie war glücklich. Aber sie hatte bereits einen anderen unglücklichen Menschen aufgelesen und ging ganz darin auf, nun ihn zu inspirieren. Und sehen Sie, da beschloß ich, unglücklich zu bleiben. Ich dachte, Sie hätten mehr Vergnügen daran, mich weiter zu bemitleiden, denn Sie verstehen meinen Kummer, müssen ihn verstehen.»

Erwartungsvoll sah er sie an.

«Ach», sagte sie traurig, «jetzt weiß ich, daß sich kein Wunder ereignen wird.»

«Sie lieben Wunder? Das ist zu schade, Sie sind auf Wunder aus, und ich gedeihe nur bei chronischem Mitleid. Aber dieses Mal würde ich lieber auf die Chance verzichten, noch einmal zehn Francs zu erhalten, als Sie weiter an den Nebel und an die Auferstehung verzweifelter Russen glauben zu lassen.»

«Sie glauben nicht an Wunder?»

«Nein», sagte der Russe. «Weil ich an der place Clichy geboren wurde und kein Russe bin.»

Der Tanz, der nicht getanzt werden konnte

Er stand im tiefvioletten Schatten, ein Einsiedler, still und wachsam außerhalb des Lebens. Das Leben spielte sich am Brunnen ab, in den sybaritischen Wasserträgerinnen, in den erhobenen Armen, welche die Krüge auf ihren Köpfen stützten, im Flüstern des Wassers und der Frauenstimmen, und Leben war in der gleißenden Sonne, die aus der Luft Schatten herausschnitt. Lauschend stand er im Schatten, und unter dem Rauschen des Wassers und dem Klirren der Krüge und den Stimmen vernahm er andere Töne und unter denen noch weitere, die seine feinen Ohren vernehmen konnten, und alle Töne zusammen stiegen zu ihm auf, und alle zusammen ergaben sie einen Rhythmus, der seinen Geist zum Schwingen brachte, Schicht auf Schicht, sich ausbreitete, anschwoll und verebbte, und die sich hebenden Arme nahm er als deutlichen Klang wahr, und das pralle Sonnenlicht war ein Klang, und das Schreiten der Frauen mit den weichen Körpern war ein Klang, schwer und anhaltend, und das Fallen des Wassers klang für ihn nicht nur wie fallendes Wasser, sondern nach Meeresbrandung und Tränen, und die Stimmen wiederholten alle Worte, die in der Welt je gesprochen worden waren; und all die Gefühle, die in seinem Geist unerträglich widerhallten, alle Schreie, alles schwoll an gegen das Echo seiner Seele, die immerfort einen Ton im anderen ahnte, wie er eine Seele in der anderen, einen Traum im anderen ahnte.

Die in ihm aufsteigenden Klänge sprengten ihre Schalen und

zerfielen in schwarze Noten über und unter schwarzen Linien, in schwarze Noten und weiße Noten, die übereinander herfielen, miteinander spielten, einander veränderten, sich verbanden oder lösten, abwärts purzelten oder hochhüpften – wie durch Zauber perlten sie aus seinem Kopf in seine Hände und auf das Papier.

«Ich werde es einen Tanz nennen», sagte er.

Sie war eine feengleiche Tänzerin, die sich der Musik und dem Rhythmus anschmiegte, und hier war nun ein Tanz für sie, und sie lauschte mit ungeduldigen Füßen, bereit, feierlich zu beginnen, bereit, sich zu biegen und zu beugen. Sie vernahm den Rhythmus genau, sie stampfte mit den Füßen auf und begann, konnte jedoch in das Lied nicht hineinschlüpfen, ihm nicht folgen und sich nicht von ihm tragen lassen. Jeder Schritt schien den Bewegungen der Musik zuwiderzulaufen. «Spiel schneller», sagte sie zu dem Pianisten. «Nein, spiel langsamer.» Ihre Füße konnten die Klangebene unter der Musik nicht finden. Sie stampften im Mißklang und standen dann still. Das prächtige Lied versetzte sie in Schwingung, und etwas in ihr bebte, doch sie konnte es mit den Füßen nicht tanzen. Dieses Beben wollte sie still in ihrem Innern tanzen, wollte diese Bewegung nicht aus ihrem Körper hinauslassen. Sie legte ihren Schal ab, ihre Blumen, ihre Ohrgehänge und Armbänder und tanzte von nun an in ihrem Innern, den Augen der Menschen verborgen, mit einem Lied und einer Freude und einem Rhythmus, den außer ihr niemand wahrnehmen konnte, und ganz tief in ihrem Innern fand sie eine vollkommene Ausgewogenheit, die sie bis dahin nicht gekannt hatte. Wann immer der Tanz gespielt wurde, standen die Füße still, und Lebendigkeit bestand nicht länger im Zucken von Muskeln, im Werfen der Beine und im Tragen von Schals und Blumen, und die Bewegung ereignete sich jenseits aller Verrenkungen, im Innern, und das Leben bestand nicht mehr aus Marschieren und Trompetentönen und Lärm, sondern war das kontinuierliche Fließen des Liedes darunter, ein Tanz in einem Tanz, ein Traum in einem Traum, sich ins Unendliche dehnend, im ewigen Takt unversehrten Tanzens, unversehrten Lebens.

Ein gefährliches Parfum

Lyndall war nicht davon entzückt, an einem milden Pariser Tag in ihrem höchst kleidsamen Kostüm eine Pflicht erledigen zu müssen. Ihr war schmerzlich bewußt, daß es tausend interessantere Dinge zu tun gab, als über das Inventar der Wohnung zu verhandeln, die sie von Miss Harney für sechs Monate gemietet hatte. Vor einem Monat war sie ausgezogen, und das Treffen war lange genug aufgeschoben worden; Miss Harney wurde am Telefon allmählich ruppig: «Es fehlen Handtücher, und wir müssen über viele Dinge reden.»

Lyndall kam zu früh zu der Verabredung. Miss Harney ließ sie ein, bat sie aber zu warten, bis sie fertig angekleidet wäre. Lyndall saß auf dem Sofa und bemerkte, daß die Wohnung wieder grau und still aussah. Als sie eingezogen war, hatte sie mit farbiger Keramik, mit seidenen Vorhängen und bunten Lampen Leben hineingebracht. Geistesabwesend sah sie auf ihre Hände und merkte, daß sie den rauhen Wollbezug des Sofas streichelten. Als wolle sie etwas Unangenehmes abschütteln, stand sie abrupt auf und ging zum Fenster.

«Ich sollte über die Handtücher nachdenken», murmelte sie.

Miss Harney trat ein, eine sorgfältig gewaschene und gebügelte Erscheinung mit unpersönlichem Blick und festem Händedruck.

«Hat mein Dienstmädchen viel zerbrochen? Das tut mir leid. Sie war ein sauberes kleines Ding», sagte Lyndall verbindlich zu dem undurchdringlichen Gesicht.

«Sehr sauber. Aber es riecht noch immer nach Parfum, und Parfum habe ich seit jeher gehaßt.»

«Ich hätte nie gedacht, daß der Duft so lange haftet. Sie könnten es mit Ammoniak probieren.»

Miss Harney nahm ihre Liste aus der Schreibtischschublade, bat Lyndall, auf dem Sofa Platz zu nehmen, setzte sich ihr gegenüber in einen Sessel und begann vorzulesen: «Zwei Gesichtstücher, zwei Suppenteller und ein Glas mit Sprung.» Plötzlich wurde ihre Stimme unsicher, und das Blatt in ihren Händen zitterte leicht. «Glauben Sie an Intuition?» fragte sie und sah Lyndall scharf an.

«Aber sicher!»

«Ich meine, an so hochentwickelte Intuition, daß sie an Gewißheit grenzt?»

«Durchaus. Aber ich hätte nie gedacht, daß Sie sich damit beschäftigen.»

«Sie haben mich nie verstanden.»

«Ich nahm an, Sie neigten einer wissenschaftlichen Haltung zu und wären allem sonstigen gegenüber skeptisch. Sie lachten, als Mr. Bowen uns von einer gewissen Erfahrung erzählte, als wir eines Abends hier saßen, erinnern Sie sich?»

«Ja, das stimmt.»

Lyndall dachte, Miss Harney stelle diese Fragen nur ganz nebenbei und werde gleich mit ihrer Liste fortfahren. Statt dessen warf sie das Blatt auf den Boden. «Es hilft doch alles nichts. Sie könnten nie wieder gutmachen, was sie meiner Wohnung angetan haben. Ich kann nicht mehr darin wohnen.»

Lyndall sah sie verblüfft an. «Was wollen Sie damit sagen?» fragte sie schroff.

«Seit Sie hier gewohnt haben, hat sich meine Wohnung verändert.»

«Ich kann keine Veränderung entdecken. Es sieht hier aus wie immer. Die Wohnung sieht aus wie Sie. Ich hatte sie verändert, während ich hier wohnte, aber davon ist keine Spur mehr vorhanden, vom Parfumduft einmal abgesehen.»

«Sie begreifen nicht. Ich *fühle* mich hier seltsam. Nachts kann ich nicht schlafen. Ich bin jetzt seit einem Monat hier. Zuerst dachte ich, es liegt am Parfum, daß Sie noch immer anwesend zu sein scheinen. Jeden Augenblick mußte ich an Sie denken, an Ihren Mann und an *einen anderen.*»

«An einen anderen?»

«Einen anderen, der neben Ihnen saß. Nicht Ihr Mann.»

«Ich hatte viele Freunde.»

«Ich hatte das Gefühl, daß er mehr war als nur ein Freund.»

«Miss Harney, Sie bringen mich sehr auf. Ich weiß nicht, wovon Sie reden.»

«Das wissen Sie sehr wohl. Es ist sonderbar, wie das Parfum mir das Bild von Ihnen in den eleganten Kleidern, die Sie zu tragen pflegen, vor Augen geführt hat, Ihr Bild mit merkwürdig verändertem Gesicht, nicht wie Sie alle Tage aussehen, für mich oder auf der Straße. Es war ein verwandeltes Gesicht. Und als ich Sie so sah, spürte ich etwas Schweres, Dunkles und Verbotenes.»

«Sie träumen wohl! Sie sind verrückt!»

«Sie wissen, daß dem nicht so ist. Etwas ist hier geschehen, auf dem Sofa.»

Lyndall sprang auf, angespannt und blaß. «Ich fürchte, Sie sind nicht bei Sinnen.»

«Sie wissen genau, daß ich bei Sinnen bin.»

«Sie haben zu viele Romane gelesen.»

«Ich lese ausschließlich philosophische Bücher.»

«Sie haben mich immer gehaßt.»

«Oh, *das* stimmt allerdings. Weil Sie eine nebulöse, gefährliche Atmosphäre verbreiten. Alles an Ihnen ist schön. Sie haben eine Begabung für Arrangements, Posen, Gesten. Wie Sie sich kleiden! Ihre Stimme hat ein besonderes Timbre, und Ihr Gesicht ist unvergeßlich. Das alles empfinde sogar ich. Man stelle sich nur vor, was Männer empfinden müssen!»

«Das ist doch kein Grund, mich zu hassen. Und wenn Sie glauben, ich würde wegen dieser Eigenschaften geliebt – warum sie sich nicht zulegen?»

«Niemals! Es würde immer unnatürlich wirken, während es bei Ihnen ganz aufrichtig *erscheint.*»

«Warum sollte es nicht aufrichtig sein?» sagte Lyndall traurig. «Ich liebe Schönheit.»

«Sie lieben Schönheit», mokierte sich Miss Harney. «Aber wozu ist Schönheit da? Warum lieben Sie sie?»

«Um ihrer selbst willen!»

«O nein, nein», sagte Miss Harney bitter. «Um der Leidenschaft willen!»

«Wir sind also wieder bei dem verbotenen Geheimnis. Was stellen Sie sich vor? Daß ich Affären habe?»

«Ich weiß nicht genau, was ich da spüre . . . Nein. Nicht die üblichen Liebesaffären. Etwas sehr Intensives und Befremdliches verwirrt und beunruhigt mich. Aber glauben Sie nicht, daß ich Sie lediglich beneide. Ich kann einfach diese Atmosphäre nicht ertragen, die Sie in meine Wohnung gebracht haben. Es ist, als ginge von allem, das Sie berührt haben, so etwas wie Fieber aus.»

«Und wenn es . . . nur . . . Leidenschaft wäre, warum sollten Sie es dann so sehr hassen?»

«Ich hasse es ja nicht! Ich wünsche es mir selbst, Lyndall, so wie es Sie umgibt, üppig, schwer, warm – und all meine kühlen Überlegungen störend, mit denen ich mich zu überzeugen versuche, daß es nicht viel taugt. Aber da es mir nicht gegeben ist, will ich wenigstens meinen Frieden haben. Sie haben meinen Frieden zerstört. Sagen Sie mir doch, hat dieser Mann, der hierherkam, Sie geliebt?»

«Er hat mich begehrt.»

Miss Harneys Augen, bis zu diesem Moment hart und inquisitorisch, wandten sich nun ab.

«Wenn wir hier saßen», sagte Lyndall langsam, «habe ich oft seine Erregung gespürt und er die meine. Nach einer Weile spielte es keine Rolle mehr, worüber wir sprachen. Wir spürten, daß jedes Wort dasjenige vor dem Höhepunkt sein konnte. Er schob ihn absichtlich hinaus. Die Erwartung, die ungeheure Spannung, die Macht seines Begehrens – das allein zu spüren war wunderbar.

Er war so sicher, daß ich mich hingeben würde. Wenn wir uns unterhielten, ließen wir unsere Hände nah beieinander, und er berührte mich nicht, aber es gab Unterströmungen zwischen uns, Unterströmungen von wahnsinniger Heftigkeit. Als er mich dann küßte, wußte ich, daß er mich nicht liebte. Ich schickte ihn fort.» Mit härterer Stimme fügte Lyndall dann noch hinzu: «Ich weiß nicht, warum ich darüber überhaupt rede.»

«Und es war nur ein Kuß!» sagte Miss Harney sanft.

«Es gibt Küsse», sagte Lyndall, «die einen ganzen ordentlichen Lebensplan in die Luft sprengen können.»

Für einen Moment herrschte Stille.

«Ich fühle, daß ich in dieser Wohnung jetzt leben kann», sagte Miss Harney.

«Ich nicht», sagte Lyndall.

Rote Rosen

Sie wünschte sich rote Rosen, rote Rosen. Nicht die mystischen Eisblumen ihrer reglosen Träume, die sie in der Stille ihres Zimmers entblätterte, Schneeflocken unter dem Vergrößerungsglas. Sie sehnte sich geradezu schmerzlich nach roten Rosen. Sie konnte nicht geduldig auf sie warten; es waren die Initiationsblumen für ihre Träume von Blut, sie mußten bald kommen, weil sie sie haben wollte, sie mußten ihrer Sehnsucht gehorchen und nicht der trägen Phantasie eines anderen, nicht der Trägheit der Welt, die zu träge war, um zu begreifen, daß sie bereit war für rote Blumen.

Mit dem Geld in der Hand ging sie den Hügel hinab zum Blumenladen des Dorfs. Sie gab rote Rosen in Auftrag. Sie schrieb ihren eigenen Namen auf das Kärtchen, ihre eigene Anschrift. Sie gab den Auftrag, die Rosen sehr bald zu liefern.

Damit sie eine Überraschung waren, mußten sie unverhofft eintreffen. So lief sie schnell zu dem alten Haus zurück und ging in den Keller, um nach den Sämlingen zu sehen, die dort in Kästen wuchsen. Deren Pflege nahm sie sehr in Anspruch, dieser Garten der Dunkelheit, in dem so zarte kleine Sämlinge in der Wärme eines Kellers wuchsen.

Die Hausglocke erklang, als ihre Hände schmutzig waren. Sie lief sie schnell waschen. Sie öffnete dem Jungen vom Blumenladen die Tür, der einen Strauß roter Rosen in Seidenpapier in der Hand hielt. Rote Rosen! Und von wem? Legen Sie sie dorthin. Danke. Vor Ungeduld zu erfahren, wer die Rosen geschickt haben mochte, kann sie den kleinen Umschlag kaum öffnen. Endlich. Vorgedruckte Worte. Natürlich. Er hat noch keinen Namen. So ist es. Aber es stehen die Worte da: «Von Deinem Liebsten». Und das Leuchten der Blumen verstärkt die einfache Botschaft tausendfach.

Das alles war so schön. Die verschneiten Träume waren nun draußen, sie lagen noch als weißer Teppich rund um das Haus. Und innen war die Flamme, viele kleine, ihr dargebrachte Flammen. Was konnte man mit Blumen anfangen? Die Freude war zu groß, sie fieberte. Das Glück konnte nicht in der schlichten Handlung enden, daß sie die Blumen in Wasser stellte! Die Initiationsrosen, den Augenblick des beschleunigten Rhythmus markierend, des Endes der Unbeweglichkeit. Nun bist du eine Frau. Jemand hat dich beachtet. Jemand hat dich erkannt. Jemand betet dich an. Das Haus ist so armselig. Das Treppengeländer fällt auseinander. An den Wänden sind Flecken. Die roten Rosen wirken hier verschwenderisch, extravagant, unglaublich. Im Zimmer ist es kalt. Im Kamin brennt kein Feuer. Die Rosen brennen wie ein Flammenbusch. Und je länger sie die Rosen betrachtet, desto stärker wird die Flamme in ihnen und in ihr. Die roten Rosen sind Flammen, die an die Flamme in ihr gerichtet sind. Sie kann sie nicht einfach in die Vase stellen. Sie wird überflutet von ihrer Röte. Es sind keine Blumen, nicht Blumen, sondern das rote Schlüsselwort zu neuen Welten des Feuers. Sie werden das Haus in Brand setzen, sie werden es niederbrennen und den Schnee schmelzen und alles verbrennen, sie, ihre Brüder und Schwestern, ihre Mutter, ihren Vater, die Nachbarn. Sie werden das Dorf niederbrennen und sich in Kreisen über das ganze Land ausbreiten und die Stadt brandmarken.

Sie nimmt sie in die Arme. Sie läuft fort vom Haus, wie um alle vor der Feuersbrunst zu retten. Mit den Rosen im Arm eilt sie zur Kirche. Die Kirche öffnet ihren gähnenden Schlund. Sie wird nicht brennen. Seit Jahrhunderten brennen in ihren Eingeweiden gefahrlos Kerzen und ewige Lichter. Blumen und Kerzen, die ewigen Opfergaben. Sie könnte ihre roten Rosen opfern, die roten Rosen, vom Mann der Jungfrau dargebracht, der Jungfrau geschenkt, als Opfergabe heimlichen Genusses und Verzichts.

Ich gebe Gott zurück, was er mir sandte. Ich bin dankbar, dankbar für das Geschenk. Ich bringe zurück, was mir gegeben wurde. Hör mein Gebet. Ich wollte rote Rosen. Vielleicht war das falsch. Doch wenn ich sie dir zum Opfer bringe, ist es nicht mehr falsch. Nimm sie. Ich bin eine Frau. Der Frau wurden rote Rosen geschenkt. Sie verbrennen mich. Jetzt brennen sie für dich. Aber mir bleibt die Freude, die Freude, Frau zu sein. Ich bin, unfaßliches Glück, eine Frau. Hör mein Gebet. Ich kann nicht beten. Das kommt vom Glück. So nimm denn mein Glück. Ist das falsch? Hier sind mein Glück und meine roten Rosen, aber ich kann nicht mehr so sein, wie ich gestern war, bevor sie kamen. Ich werde nie mehr so sein, wie ich gestern war. War das falsch? Nimm die Rosen und meine Dankbarkeit und das Glück, es ist zuviel für mich, all das an einem Tag. Ich kann es nicht ertragen, wenn meine Wünsche in Erfüllung gehen.

Unsere Seelen sind verlobt

Sie sahen sich wieder nach acht Jahren der Trennung. Sie betrachteten einander mit gespannter Aufmerksamkeit. Wer bist du jetzt? Ein Abgrund, über den sie liebevoll hinwegblickten, von Erinnerungen besessen.

«Weißt du noch, als ich dich das erste Mal sah, warst du ungefähr fünfzehn – ich kam mit meinen Brüdern vom College. Wir standen im Hausflur. Du kamst aus einem dunklen Raum – sehr zerbrechlich, sehr blaß, mit großen, erschrockenen Rehaugen, und scheu hast du gesagt: ‹Meine Mutter ist ausgegangen.› Meine Brüder redeten, und ich habe dich nur angesehen. Danach hattest du Vertrauen zu mir. Du nahmst mich mit nach oben in ein Zimmer, wo du dabei warst, eine Theateraufführung vorzubereiten. Du hast mir die Kostüme gezeigt, die du aus Nesseltuch, Weihnachtsbaumschmuck, Bettdecken und Vorhängen genäht hattest. In dem Zimmer dort warst du gesprächig – solange es um Theaterstücke und dergleichen ging. Du mochtest mich, weil ich den Vorhang befestigt habe. Weißt du noch?»

«Ja, daran erinnere ich mich. Dann deine Briefe vom College und die Schachteln voller Blumen, die du im Wald gepflückt hast.»

«Und die fürchterlichen Gedichte.»

«Und die Sentimentalität: Du warst ein Engel, eine Göttin, eine Heilige, die man anbeten, aber niemals berühren durfte.»

«Und die blasse, poetische, zerbrechliche Intensität.»

«Entsetzlich!»

«Und jetzt?»

Wieder blickten sie einander an.

Er war inzwischen dreißig, zurückhaltend, mit geschmeidiger, katzenhafter Gestik, voller Stimme. Er setzte seine Hände überzeugend ein und besaß die Begabung zu schweigen.

Wieder bat sie ihn, in ihrem Stück eine Rolle zu übernehmen. Ihr Stück war nun ihr wirkliches Leben; ihr Haus war die sorgsam arrangierte, absolut passende Szenerie für ihre phantasievollen Kostüme. Sofort würde sich über die Liebe zum Spiel Intimität einstellen. Aber der Unterschied bestand darin, daß es hier nichts zu befestigen gab; es gab nichts, worin sie sich als hilflos erwiesen hätte. Er war ein wenig enttäuscht.

Sie sahen sich immer noch an.

«In welcher Welt lebst du jetzt?»

Plötzlich entdeckte er in der Bibliothek sechs Bücher von D. H. Lawrence. Sie befanden sich in derselben Welt, in der Welt des D. H. Lawrence, desjenigen, der eine Sprache, eine Symbolik und ein Universum der Gefühle geschaffen hatte. Sie sprachen nun miteinander in seiner Sprache, benutzten Worte auf seine Weise, stellten einander Fragen, die er stellte, und fanden keine Antwort.

«Wie lebst du?»

«Nach welcher Philosophie lebst du?»

«Oh, was eine Philosophie angeht, die ist in Ordnung und einfach zu haben, aber es ist unmöglich, sich daran zu halten.»

«Warum?»

«Du erinnerst dich an den Kult, den wir mit Gefühlen getrieben haben?»

«Ich will mich nicht daran erinnern.»

«Dieser Kult war das erste Anzeichen von emotionalem Überschwang. Dieser Überschwang fließt jetzt in gute Schauspielerei und in gutes Schreiben. Es ist ein kostbarer Bestandteil der Intensität geworden, mit der allein man dem Leben gerecht wird. Aber . . .»

«Wir überstürzen uns.»

«Ja. Aber bei dir ist es nicht zerstörerisch. Bei mir . . .»

«Bevor du kamst, hörte ich, du hättest eine Liebesgeschichte.»

«Mit Ella, ja. Ich glaubte, ich wäre in sie verliebt, und davor glaubte ich, ich wäre verliebt in . . . und davor . . .»

«Ja, ich erinnere mich, so war es immer.»

Zwischen ihnen stand jetzt eine Idee, die sie nicht in Worte fassen wollten: «Wären wir ein Liebespaar gewesen, hätte das vielleicht den Lauf seines Lebens verändert.»

Er sah sie vorwurfsvoll an. «Vielleicht wären mir andere Menschen nicht realer vorgekommen als du, wenn du im Augenblick meines Erwachens nicht solch ein Phantom gewesen wärst. *Er* kam mir soviel menschlicher vor.»

«Warum warst du nicht menschlicher? Warum hast du mich nie berührt? Ich habe es mir sehr gewünscht.»

«Das hast du nicht gezeigt. Dein Gesicht leuchtete wie aus der Ferne, unbeteiligt. Deine Hände waren unablässig beschäftigt. Wir waren so innig durch Träume verbunden.»

«Wen hast du wirklich geliebt? Ganz und gar?»

«Er war ein sehr begabter, ein brillanter Mensch.»

Sie war sehr traurig nach ihrem Gespräch. Zähes, tragisches Ringen zu Beginn; das bedrückte sie, die ihm immer zu Klarheit und Heiterkeit hatte verhelfen wollen. Sie spürte, daß ihre Klarheit nutzlos war – denn es war eine gedankliche Klarheit; er mußte über das Gefühl zu Offenbarungen gelangen. Ihre Energie nützte ihm nichts; er mußte seine eigene Kraft finden. Sie konnte ihm nicht helfen. Sie konnte nur zuhören.

Auf das Samtkissen, das auf dem Diwan lag, zeichnete er einen Kreis. Das Leben war für ihn wie der Rand einer Schüssel. Er hatte im Zentrum der Schüssel begonnen, mit den erlernten Vorstellungen von dem, was er zu fühlen und zu tun hatte. Seine persönlichen Entdeckungen und Instinkte machten den Kreis dann weiter. Die Reichweite seiner Handlungen wuchs immer mehr. Er drang bis zum Rand der Schüssel vor und fiel hinaus – wie Gide, Proust und vielleicht auch da Vinci. Er erschöpfte seine körperlichen Impulse, dann kehrte er zurück. Er wollte jene Art von Höhepunkt nicht. Er hatte alle seltsamen Begierden, die man auf dieser Erde nur haben kann, an sich wahrgenommen, aber es war nicht die Erfüllung seiner Träume, das alles auszuleben. Er befand sich in einem zerstörerischen Konflikt. Wonach er sich sehnte, Ganzheit und Normalität, erhoffte er sich von der Liebe einer Frau. Sie sollte ihm das Gefühl geben, heil zu sein, vollständig, ein Mann.

Sie hörte zu.

«Das Gespräch mit dir hat mir geholfen, mein Elend zu vergessen. Heute kam ein Brief von ihm.»

Mit ihrem Verstand zitierte sie ihr ganzes Verständnisvermögen herbei. Sie mußte aufmerksam und einfühlsam sein. Sie fürchtete nicht den Schmerz, nur daß die Frau in ihr zum Vorschein käme, daß sie sich anklammern würde. Solche Männer erlebten das Gefühl von Vollständigkeit nicht, wenn man sich an sie klammerte.

«Wenn ich betrunken war», sagte er, «fühlte ich mich manchmal in Harmonie mit der Welt und einigermaßen unversehrt. Manchmal, wenn mich eine Hure anzog, dachte ich, ich hätte schließlich doch die Nähe zu einer Frau erlangt und könnte endlich die äußerste Leidenschaft erleben. Aber es war immer nur ein Funke. Bald fiel ich wieder zurück, und mit dem ersten klaren Augenblick war die unerträgliche Zerrissenheit wieder da. Ich fühlte mich so zu diesem Mann hingezogen und war mir doch der Unreife, der Unvollständigkeit meines Drangs bewußt.»

Er schätzte Ironie nicht, doch die ihre amüsierte ihn.

«Ironie ist eine Form von Klarheit», sagte sie, «geistige Erfrischung.» (Wie erhebend, uneins zu sein.)

«Lawrence war genaugenommen kein Künstler. Statt Prosa hätte er Lyrik schreiben sollen.»

«Nein», sagte sie. «Er hat eine neue Prosa geschaffen, lyrische Prosa von poetischer Intensität.»

«Aber nicht alles ist auch Kunst.»

«Zum Teil ist es vollkommene poetische Prosa, genauso vollkommen wie Lyrik.»

«Ich glaube nicht an poetische Prosa – ich glaube an Lyrik.»
«Ich glaube an poetische Prosa. Ich schreibe sie.»
«Ich glaube an Lyrik. Ich schreibe sie. Und übrigens mußt du mir helfen, ein Atelier zu finden. Ich muß an den Illustrationen arbeiten.»
Er küßte ihre Hand. Hier half ihr Ironie. Sie lächelte nachsichtig, empfänglich, aber nicht entflammbar – oder wenn doch entflammbar, so nicht explosiv.
«Komisch», sagte er, «du verlangst nicht, daß ich dich hundertprozentig liebe. Alle Frauen verlangen, daß ich sie hundertprozentig liebe.»
«Eine phantasielose Forderung. Eines Tages kommt eine Frau, die nicht verlangt, hundertprozentig geliebt zu werden.»
«Wer ist sie?»
«Die Frau aus meiner letzten Erzählung, meine ultramoderne Frau, die mit ihren eigenen Vorstellungen und ihrem eigenen Werk beschäftigt ist.»
«Oh», sagte er, «aber das ist die Frau, die ich *nicht* will. Ich suche eine ländliche Frau, die Erdfrau, die urwüchsige, verletzliche, fügsame Frau.»
«Warum sprichst du dann mit mir?»
«Weil ich mit der ländlichen Frau nicht sprechen kann – und auch, weil du diejenige bist, die ich lieben *möchte*. Und doch ahne ich, daß ich dich aus eigenem Verschulden wieder verlieren werde. Es ist furchtbar.»
Und dann Verstimmungen, schwarze Verstimmungen, in denen alle Weisheit und aller Mut verflogen waren. Sie hatte gesagt, es sei ihr gleich, sie sollten schlicht das Vorhandene genießen. Sie meinte nicht, was sie sagte. Einen Moment lang waren sie so seltsam, so eigentümlich auf dieselben Gefühle eingestimmt; entdeckten beide Wahrheiten mit der gleichen bemühten Aufrichtigkeit, der gleichen Selbstvergessenheit. Wie selten diese geistige Übereinstimmung doch ist, die immer richtige Antwort, die unvermittelte Reaktion, die Fortsetzung der eigenen Träume, die vermengten Träume, die zu fruchtbaren Phantasien führten.

Sie saßen im Café an einem Tisch und bemerkten, daß sie beide die gleiche Vervollkommnung anstrebten, Schritt um Schritt, solide und umfassend.

Beide sagten: «Ich möchte allein sein und arbeiten», aber sie blieben einander gegenüber am Tisch sitzen, obwohl ihr Gespräch ihnen nichts als Schmerz und Unruhe einbrachte. Sie sprachen darüber, wie sehr sie sich danach sehnten, durch Liebe und Hervorbringungen mit dem Leben verbunden zu sein, und sehnten sich doch eigentlich danach, miteinander verbunden zu sein.

«Es gibt nur einen Weg zur künstlerischen Vollkommenheit, und das ist der einsame Weg», sagte sie.

Er widersprach ihr nicht.

Ein warmer, strahlender Morgen. Sie zogen los, ein Atelier für ihn zu suchen. Sie trug ein hellgrünes Kleid und einen hellgrünen Hut. Sie fühlte sich heiter und leicht, frei und klarsichtig.

Er spürte ihre Leichtigkeit und fühlte sich plötzlich von seiner Schwere befreit. Er sagte: «Ich liebe deine Unbekümmertheit.»

Die Atmosphäre klärte sich auf einmal, das Unbehagen schwand. Sie verlangte nichts; er gab, was er geben konnte. Sie sah ihm furchtlos und ruhig in die Augen, und er war dankbar für ihre Furchtlosigkeit und Ruhe. Sein Vertrauen kehrte zurück. Er nahm sie beim Arm. Und wie sie sich unterhielten! Eine künstlerische Erfüllung stand bevor; er würde ihre mystischen Erzählungen illustrieren. Davon träumten sie. Kunst, Kunst, das war die Erfüllung.

Der Tag ist licht und warm, der Bus schaukelt sie – sie fühlt sich leicht, so leicht.

Wo sind die grüblerische Intensität und die Schwere geblieben, die so auf ihrer Beziehung gelastet hatten? Aufgelöst, durch sie. Jetzt ist zwischen ihnen alles kristallklar, wie von Mann zu Mann. Beinahe.

Was ist mit ihrem blaßgrünen Kleid, ihren nackten, elfenbeinfarbenen Armen, dem Korallenarmband und seiner Hand auf ihrem Arm, mit seinen grünen Augen und der Sinnlichkeit seines

Gesichts und seines Ganges? Wonne, Wonne, sonst nichts. Seine Freiheit, ihre Freiheit. Sie trug eine ganze Welt in sich und verlangte deshalb keine von ihm.

«Geh, mein Lieber, geh», sagt sie.

«Dann kann ich bleiben», sagt er, von ihrer Kraft inspiriert.

Und sie lächelt, weil er sie gestern nicht gesehen hat.

Er bezog sein Atelier. Sie begleitete ihn, bezog ihm das Bett, hängte seine Kleider auf, während er auspackte, und sie gingen zusammen einkaufen. Mit einem seiner Schuhe schlugen sie einen Nagel in die Wand und taten verspielt so, als beginne sein Leben als Bohemien. Dann gingen sie ins *Dôme*, um einen Kaffee zu trinken.

Dann sagte er: «Hat dir jemals ein Mann gesagt, er wolle dich zerstören? Nun, mir ist danach. Ich bin besessen von dir. Von der geistigen Verbindung zwischen uns. Ich kann nicht aufhören, darüber nachzudenken. Ich weiß, daß ich so etwas auf der Welt nie wieder finden werde. Ich weiß, es wäre das Ideal. *Ich möchte dich lieben.* Ich wünschte, die geistige Verbindung wäre nicht als erste dagewesen. Ich wünschte, wir hätten nie mit den gemeinsamen Träumen begonnen, denn nun kann ich dich nicht berühren, es ist ein Schleier zwischen uns. Ich möchte dich berühren, dich auf einem anderen Weg als auf dem geistigen packen, ich sehne mich danach und kann es dennoch nicht tun. Ich habe Angst, dich zu verlieren; und die Erfüllung in der Kunst, über die wir sprachen, wird mich nicht befriedigen. Ich will nichts Halbes; alles oder nichts; diese Verbundenheit unserer Ideen und Gefühle ist zu quälend.»

Als sie so dasaßen, war die körperliche Strömung zwischen ihnen sehr schwach, kaum ein Beben. Sie wußte, er würde sie nie berühren, und selbst wenn er sie berührte, würde er sie nie festhalten können. So kostete sie die Glut seiner Stimme aus, die so tief wurde, als wollte er sie durchdringen: «Ich *möchte* dich lieben.» Sie genoß es, so bei ihm zu sitzen, Schulter an Schulter, spürte den Kontakt, spürte seinen zärtlichen Blick auf ihrem Körper, spürte das leichte, unwirkliche Beben in ihm, ein geistiges Beben, eine geistige Leidenschaft – nur ein Anflug von Gier.

In diesem Moment lebte sie ein ganzes, langes Leben mit ihm. Es würde Zärtlichkeit und Heftigkeit geben, satanische und trügerische Schönheit, unerreichbare, unberührbare, unwirkliche Gefühle, stets enttäuschend, stets etwas Mangelndes, Dünnes, Dahinschwindendes, sie Narrendes, Unvollkommenes – nur dieser schwache Ruf nach Leben: Ich *möchte* lieben – mit tiefer, gequälter Stimme.

Merkwürdig, daß dieser kühle Stillstand sich selbst weh tun mußte, indem er kühlen Stillstand um sich erzeugte. Sie saß neben ihm, nun ganz still, wie unter einem Fluch erstarrt – ein unbekanntes Gift war in ihren Adern . . . als ob das übermächtige Verlangen von Mann und Frau, miteinander zu verschmelzen und eins zu werden, sich auf diabolische Weise tatsächlich erfüllt hätte; Mann und Frau, wirklich vereint . . . in IHM.

Eines Tages war er sehr nahe daran, sie zu lieben. Sie beugte sich im Park über die Gedichte von Blake. Sie fühlte, daß er bewegt war. Doch dann setzte er seinen botanischen Unterricht fort:

«Ich finde es furchtbar, daß du die Namen der Bäume nicht kennst.»

«Warum sollte ich sie denn kennen?»

«Weil du sie dir so zu Freunden machst. Dieser Baum zum Beispiel ist eine Platane. Du kommst vorbei und sagst: ‹Hallo, Platane.› Das ist vertraulicher.»

«Aber vielleicht hat er, obwohl er eine Platane ist, die Empfindungen eines anderen Baumes? Warum sollte ich ihn so einengen?»

«Das stimmt. Diese Platane hat den Charakter einer Eiche.»

Dennoch fuhr er fort: «Das ist eine Robinie, das ist eine Birke.»

Er hatte zwei Hemdknöpfe verloren, und seine Brust war bloß. Und sie brachte ihm nicht die Gefühle entgegen, die sie sonst einem Mann mit entblößter Brust gegenüber empfand. Sie fühlte nichts. Sein Gesicht strahlte außerordentliche Kraft aus, seine Augen nahmen sämtliche Farbschattierungen des Laubs und des Sees an. Sein Kopf war unentwegt nach oben gerichtet, als schaue er der Sonne ins Gesicht, mit der vollen, unverhohlenen Sinnlichkeit seines Mundes. Wie konnte jemand so Strahlendes kalt sein statt warm und lebendig?

Als sie die Sandwiches teilte, die sie mitgebracht hatte, sagte er: «Du könntest dir einiges an Modernismen leisten. Du entsprichst Lawrences Beschreibung der Frau, die zugleich selbstsicher und spröde ist. Wenn du nur selbstsicher wärst, könnte man dich nicht ertragen.»

Für eine Weile schwiegen sie.

«Woran denkst du?» fragte sie.

«Weißt du, *er* hatte die überaus attraktive Eigenschaft, auf alles mit Übereifer einzugehen, immer voller Neugier und Interesse. Es machte mir Spaß, ihm Unmengen von Ideen aus Büchern vorzutragen und dann zuzuschauen, mit welchem Eifer er sie aufgriff.»

«Hat er dir wieder geschrieben?»

«Ja.»

«Ist er auch unglücklich?»

«Wir haben beide einen schweren Kampf auszufechten.»

«Wirst du ihn je wiedersehen?»

«Wenn wir beide sehr stark geworden sind.»

«Lies mir seinen Brief vor.»

Er las ihr den Brief vor.

«Das ist ein schöner Brief», sagte sie, «fast klassisch im Ton, so beherrscht und intelligent.»

«Ich will dir Minnies Brief vorlesen.»

«Das klingt wie aus einem Trivialroman», sagte sie. «Wer war sie?»

«Sie sollte mir helfen, von ihm loszukommen.»

«Warum setzt du ihm eine entgegen, die ihm unterlegen ist?»

«Ein überlegener Mann kann in mir harmonische Liebe wekken, aber ich kann keine Frau lieben, die meinen Intellekt anspricht. Hör zu, ich habe ein Gedicht auf die heilige Anna und auf dich geschrieben.»

Es war merkwürdig, ihn mit lyrischer Intensität von seiner eigenen Leblosigkeit sprechen zu hören – merkwürdig, daß er daraus Gedichte machen konnte. Neben ihm sitzend, fühlte sie sich von dieser Leblosigkeit erneut ergriffen, als würde sie selbst zur heiligen Anna, nicht zu der im Vordergrund, die als Mutter im Kind weiterlebt, sondern zu der Anna im Hintergrund, die mit dem Leben abgeschlossen hat und nun – unbedürftig, weise, alles wahrnehmend – nur noch Verständnis aufbringt und das Poetische an seinem strahlenden Tod und seiner möglichen Auferstehung würdigt.

«Erzähl mir mehr von ihm», sagte sie.

Sie versuchte zu arbeiten, wenn sie allein war, aber es wollte nicht recht vorangehen. Es gibt einen physischen Schmerz in manchen Beziehungen zwischen Menschen, einen wiederkehrenden, unerwarteten Schmerz, der sich der Kontrolle des Verstandes entzieht. Unentwegt sehnte sie sich danach, ihn wiederzusehen; wie nagender Hunger war das. Sie arbeitete, ihr Kopf war beschäftigt, doch ständig spürte sie diesen physischen Schmerz, in ihren Adern, im Blut, im ganzen Körper.

Sie dachte über einen Satz von Christopher Morley nach: «Unsere Seelen sind verlobt.» Laß uns bekanntgeben, daß unsere Seelen verlobt sind. Aber der Körper revoltierte. Die Entrücktheit nach Art der heiligen Anna dauerte nicht an. Bald war sie hart, bald wieder sanft.

Die ganze Zeit über wirkten ihre Körper nach außen hin, als wären sie ein harmonisches Paar. Leute beachteten sie auf der Straße, die Blicke verweilten auf ihren Gesichtern. Die Leute hatten gespürt, daß sie aneinander gebunden waren. Und da ihm ihre exzentrische Kleidung nun gefiel, zeigte er sie gern vor und hatte Spaß daran, daß die Leute sie für ein Liebespaar hielten.

Heute wollte sie alles endgültig geklärt wissen, selbst wenn es zum Bruch käme.

Sie trafen sich. Beide energisch und angespannt, diskutierten sie heftig über andere Dinge, als wollten sie sich ihrer Gefühle nicht bewußt werden – ihres fröstelnden Zurückweichens – seiner Unzulänglichkeit.

«Ich muß meine ländliche Frau finden», sagte er. Sie vermutete, daß derjenige, der nichts fühlen kann, den anderen unbewußt dafür verantwortlich macht. Obwohl er sehr aufrichtig war, machte er sich zu seiner Rechtfertigung unbewußt ein falsches Bild von ihr, das Bild von einer überintellektuellen Person. Er sah sie gespalten, bildete sich ein, ihre Persönlichkeit wäre zerrissen, weil es in ihm eine Kluft gab. Er legte sich eine Theorie gegen Frauen wie sie zurecht, die zu stark für ihn waren. Es machte ihr nichts aus, daß er sie mißverstand, aber es störte sie, daß er daraus eine falsche Theorie entwickelte: intellektuellen Frauen fehlt die natürliche Weiblichkeit, darum locken sie nicht die Männlichkeit im Mann hervor, sie haben den Mann geschwächt. Mit anderen Worten: die moderne Frau war verantwortlich für Männer wie ihn.

Er schrieb ein Gedicht von solch symbolischer Weite, das viele erstaunte. Als sein kleines Buch mit den Illustrationen erschien, zeigte sich die Stärke seiner lyrischen Impulse und seiner Imagination. Es war ein Augenblick seines meteorhaften Aufstiegs. Er hatte den Kampf, der in seiner inneren Welt herrschte, in Dichtung umgesetzt, und unzählige Echos antworteten ihm.

Seine reiche Persönlichkeit sprengte ihre Schale, warf ihre Obsessionen ab und rührte an etwas Universales.

Die Frau wurde durch seinen Ausbruch wiederbelebt. Wie er die Gespenster besang, die ihn verfolgten! Seine Dichtung war voll überpersönlicher Intensität, eine prächtige Kaskade von Klang und Bedeutung. Und die Worte blitzten rings um die Frau auf, erstrahlend wie Feuerwerkskörper. All dieses umgab sie: seine Gedichte, gesprochen mit seiner dunklen, geschmeidigen, tiefgründigen Stimme, abgründig suchend, die hypnotischen Worte, die halluzinierenden Rhythmen, die dem Rhythmus des Lebens glichen, und dann seine ausgreifenden Gesten, deren schlichteste noch von sanfter, vollkommener Instinktsicherheit kündete.

Mit einer Lust, die ihr die Haut des ganzen Körpers erschauern ließ wie eine leichte Brise, verfolgte sie seine Bewegungen, wenn er ihr entgegenkam. Es war nicht, als gehe er auf eine gewisse feste Barriere zu, die sich einen Meter vor ihr befand, oder zu dem Café-Tisch; eher als dränge ein tieferer Rhythmus ihn, mit sanfter Sicherheit über alle sichtbaren Barrieren hinweg zu einem intimen, geheimen Reich in ihr vorzustoßen. Und so ging, stand und sprach er zielbewußt, überzeugend, sie ganz in Anspruch nehmend, mit wechselnden Mienen, wechselnden Ideen, wechselndem Blick aus Augen, deren wechselnde Farbnuancen durch diese überzeugende Raubtierkraft intensiviert wurden.

Sein Strahlen, das Lyrische und Musikalische an seinen Handlungen, seiner Arbeit, seiner Stimme und seinem Benehmen verwirrten und frustrierten sie jedesmal, und sie bebte körperlich.

Es hieß allgemein, er habe Charme.

Sie mietete ein altes Haus auf dem Lande für die Phasen, in denen sie intensiv arbeitete. Es mußte dringend neu gestrichen werden. Sie begann in einem kleinen Dachzimmer. Als sie davon erzählte, wollte er ihr helfen.

Sie gab ihm eine Schürze und band sich selbst eine um. Sie trug alte Kleider und Gartenhandschuhe.

«Jetzt hast du dich als Landfrau verkleidet», sagte er lachend, während sie die Farbe mischte.

«Du siehst auch recht primitiv aus mit deinem Dreitagebart.»

Mittags aßen sie im Dorf, zusammen mit den Gärtnern und Arbeitern. Er hatte Bücher in der Tasche, sprach aber nicht darüber. Abends fuhren sie mit dem Zug nach Hause.

Indem sie Seite an Seite arbeiteten, betraten sie einen neuen Bereich. In ihren biederen, alten Kleidern fehlte ihr alle Künstlichkeit und somit auch die Requisiten ihres neuen Lebens, das sie sich selbst geschaffen hatte und das ihm fremd war. Sie glich eher wieder dem rehäugigen Mädchen, das er einst gekannt hatte.

Und so wirkte er in dem kleinen Raum mit dem schrägen Dach und dem winzigen Fenster plötzlich groß und tyrannisch, während sie nachgiebig und klein zu werden schien. In einem Anfall von Offenheit gestand er: «Ich will dich nicht als sibyllinische Frau akzeptieren. Du sollst mit mir zusammen noch einmal ganz von neuem heranwachsen. Die Frau, die du geworden bist, lehne ich ab.»

«Aber die Frau, die ich geworden bin, kann dir eine viel bessere Gefährtin sein!»

Seine Forderungen amüsierten sie jedoch. Sie begriff, daß er sich abmühte, sein eigenes Bild von ihr zu erfinden, das nur ihm gehören sollte.

Er versuchte weiterhin, alles, was bereits da war, ihre neue Reife, ihre Verstandesschärfe, ihr Schreiben, niederzumachen, um aus ihr etwas formen zu können, das in sein Leben und seine Pläne paßte – die passive, unschöpferische Frau.

Er kritisierte sie scharf, weil er meinte, sie sei zu sehr geliebt und verwöhnt worden; er wollte sie anders behandeln, ihr seine Anschauungen und Maßstäbe auferlegen.

Er sagte: «Ich möchte, daß du bei mir realer bist.» Er meinte nicht realer, sondern abhängiger von seinen Wertvorstellungen.

Sie unterbrachen das Anstreichen, hielten die Pinsel in die Luft und ließen achtlos rosa Farbe auf den Boden tropfen.

Sie erklärte, sie sei bereit, alles Erreichte zu verwerfen und noch einmal von neuem zu beginnen, wenn er wirklich überzeugt wäre, daß sie eine falsche Entwicklung genommen hätte. Sie wußte, daß es die klügere Frau in ihr war, die diese höchst komplizierte Beziehung ausbalancieren konnte. Doch sie wußte auch, daß er eine Klugheit, die sie ohne ihn erlangt hatte, nie würde genießen können.

Endlich war ihm sein Wunsch bewußt geworden, sie solle sich ihm symbolisch unterwerfen, und sie wußte um die Lust der Unterwerfung. Nichts wäre ihr lieber, als das Leben mit ihm zusammen noch einmal zu beginnen, so daß sie gemeinsam weise werden könnten.

Und so legte sie ihre alte Weisheit beiseite, ihre Erfahrungen, ihre Erinnerungen, ihre Sicherheit, ihre schöpferische Arbeit, und machte sich klein und gelehrig – entsagte allem, was er verwarf.

Er fuhr fort mit dem Anstreichen und sang vor sich hin, um seine Verblüffung zu verbergen, denn jetzt hatte er sich durchgesetzt und sie sich unterworfen; sie konnte nichts anderes tun, denn es war alles ein Traum, ein mystisches Unterfangen, dem es an menschlicher Vitalität fehlte.

Und sie strich ebenfalls weiter, mit abgewandtem Gesicht, um ihren Triumph darüber zu verbergen, daß sie erobert worden war.

An der Bushaltestelle, an der sich ihre Wege trennten, gestand er ihr großmütig zu: «Letztlich warst du heute sehr sibyllinisch.»

Sie nahm sich zusammen und verhielt sich ganz still. Jede Geste, jedes Wort, jede Miene zeigte sanfte Anpassung. Aber er machte keinen Gebrauch von dieser Sanftheit, die ihm entgegengebracht wurde.

Seine Augen glitzerten seltsam, wenn er sie beobachtete. Sie hatte ihre lebendige, persönliche Welt vor seinen Blicken verborgen – sie schien sogar das lebhafte Sprudeln ihrer Erfindungen und Phantasien abgestellt zu haben. Wenn sie sprach, so nur, um seine Stimmungen zu ahnen und ihnen zu huldigen.

Ihm wurde seine Unfähigkeit bewußt, sie als Frau zu lieben, und dies schmerzte sehr. Sein düsteres Grübeln äußerte sich in grausamen, streitsüchtigen Bemerkungen und in Hohn.

«Wie kannst du mir ganz gehören, wenn du eine eigene Welt im Kopf hast, die du nicht aufgeben willst? Wie kannst du meine Arbeit lieben, wenn du auch deine Arbeit liebst?»

Plötzlich begriff sie, daß seine Tyrannei nicht die eines Liebenden war, sondern die eines Menschen, der nicht lieben kann. Sie begriff, daß er sich stärker zu fühlen versuchte, indem er sie schwächer machte.

Sie war so bemüht gewesen, ihm beim Finden einer Philosophie zu helfen, daß es ihr nichts ausgemacht hatte, ihn eine Philosophie zimmern zu sehen, die sie zerstören sollte; es hatte ihr auch nichts ausgemacht, daß seine Erlösung die Zurückweisung von allem bedeutete, was sie einmal gewesen war, was sie jetzt war und weiterhin sein würde. Aber als sie sah, wie er sich diese falsche Stärke aneignete, begriff sie, daß ihre Schwäche ihn gar nicht wirklich stärkte – sondern daß er sich nur stark fühlte, weil er die Macht besaß zu quälen.

Er war besessen von seiner Unfähigkeit, das zu besitzen, zu beherrschen und festzuhalten, was er bewunderte, und so rief er: «Sei klein, sei einschmeichelnd, warm und geistlos, damit ich meine Stärke fühlen kann.»

Er wußte nicht, daß ein Mann selbst anstreben und erlangen muß, was er begehrt, und daß es nicht Sache der Frau ist, sich kleinzumachen.

Sie würde sich nicht kleinmachen. Sie hatte genug von einem Mann, der sich vor der Stärke seiner Frau fürchtete. Voll Freude trat sie wieder in ihre eigene Welt ein. Weite Horizonte, Luft, Raum – wie süß die Freiheit doch ist.

Sie schickte ihn zum Teufel.

Er rannte gegen ihre neue Haltung wie gegen eine Wand und war begeistert.

«Wie wunderbar», sagte er, «in dir jemanden zu finden, der es mit mir aufnehmen kann!»

Sie hatte es ziemlich ermüdend gefunden. Es hatte viel Anstrengung gekostet.

«Ich fühle mich gerade jetzt so sehr zu dir hingezogen.»

Aber sie hatte sich in ihrer eigenen Welt verschanzt. Schon während er sprach, war ihm die Furcht anzusehen gewesen, sie könnte ihm glauben.

Sie gingen wie gute Freunde spazieren. Sie mußte ihm als Vertraute dienen.

«Da gibt es eine Frau», sagte er. «Sie ist Malerin.»

Sie betrachtete sein unentzifferbares, sinnliches Gesicht und seinen katzenhaften Körper. Sie stellte sich vor, wie er um jene andere Frau herumstrich, so flehend, so sanft, so charmant, so grausam, so schwierig. Sie sah die Frau sich verändern, sich seinen Stimmungen anpassen.

Sie sagte zu ihm: «Versuch ihr nicht weh zu tun.»

Aber sie wußte, daß er ihr weh tun würde. Es bereitete ihm solch tiefe Lust. Es war die einzige Lust, die er kannte – mit Frauen.

Aber die Lust war unwichtig. Wichtig war, daß alle Gefühle sich auf ihn konzentrierten; er war sich selbst genug. Und auch sie, in der die Künstlerin überwog, war sich selbst genug. So fanden beide trotz der fehlenden menschlichen Erfahrung zu Weisheit. Sie sah die symbolische Vollkommenheit in ihm, daß er Gemeinsamkeit nur momentweise brauchte. Und er sah die symbolische Vollkommenheit in ihr, daß sie nur momentweise schwankte. Die erwachte Weisheit nahm zu, da beide alles Weiche und Schmerzempfindliche in sich ausgemerzt hatten, um etwas verstehen zu können, das sonst niemand verstehen wollte – aus Angst vor Einsamkeit.

Alchimie

Die Glocke läutete so heftig, daß das Hausmädchen in der Eile stolperte und hinfiel. Noch ganz außer Atem öffnete sie das riesige Eisentor. Der Schäferhund kündigte mit wütendem Gebell die Besucher an.

«Wohnt hier der große Schriftsteller?»

«Ja», sagte das Mädchen, «kommen Sie herein.»

Ein Besucher sagte: «Ich wußte, es mußte hier sein. Ich habe das Tor wiedererkannt, das er in *Verzweifelte Karawanen* so genau beschrieben hat.»

«Aber es ist nicht genau das gleiche Tor», sagte ein anderer Besucher. «Schauen Sie doch aufmerksam hin: es ist türkisgrün, aber schlicht und streng. Sehen Sie sich nun das Tor des Nachbarn an; es ist grau, aber achten Sie auf die Form – es ist kleiner, etwas unregelmäßig, es hat etwas Drückendes und Geheimnisvolles. Und wenn Sie sich jetzt an die exakte Beschreibung im Buch erinnern: ‹. . . es war ein türkisgrünes Tor von niederdrückendem, geheimnisvollem Aussehen . . .›»

«Kommen Sie hier entlang», sagte das Hausmädchen.

«Mir scheint, ich erkenne auch die Dienstboten wieder», sagte ein anderer Besucher. «Erinnern Sie sich an das Mädchen in *Bebende Wälle*, das in der Gaststätte bediente, es hatte Sommersprossen und Falten, obwohl es noch jung war, und das gleiche unauffällige Benehmen . . .»

«Aber dazu eine auffallend schöne Stimme. Aus der Stimme hat er eine große Sache gemacht – eine ganze Seite –, aber dieses Mädchen hier spricht gedämpft.»

In dem Augenblick trat ein anderes Hausmädchen in Erscheinung und rief mit klarer, honiggoldener Stimme: «Der große Schriftsteller bittet Sie in die Bibliothek.»

Dort wurden sie von der Gattin des «großen Schriftstellers» empfangen, die Gastfreundlichkeit mit religiösem Beigeschmack ausstrahlte. Sie wirkte sehr verhärmt, sehr gelangweilt. Sie konnte nicht die Frau sein, die er immer wieder als phosphoreszierend beschrieb. Zugleich fragte sie die Besucher so eigentümlich unverblümt aus, daß sie rasch redselig wurden und Vertrauen faßten.

«Sehen Sie», sagte die älteste Besucherin, «wir alle lesen seit drei Jahren die Werke Ihres Mannes, jedes Buch, das erschienen ist. Wir wollten herausfinden, wer die Menschen aus den Büchern wohl im wirklichen Leben sind und wo die Orte sind, die er geschildert hat. Wir sind allen möglichen Spuren gefolgt. Wir hatten sogar den Verdacht, daß er sich in *Überflutete Verliese* selbst beschrieben hat. Schließlich haben wir beschlossen, hierherzukommen und mit ihm darüber zu sprechen. Es ist soviel einfacher, als ständig herumzuraten. Meinen Sie, er hätte etwas dagegen?»

«Ich glaube nicht», sagte seine Frau, «ich fürchte nur, daß er Ihnen nichts erzählen würde. Wissen Sie, er ist nicht sehr gesellig; und um es genauer zu sagen, er empfängt eigentlich nie jemanden. Ich erledige die Besuche für ihn.»

«Unmöglich!» rief einer der Besucher aus. «Schließlich ist er als Schriftsteller dafür bekannt, daß er die größte Vielfalt von Charakteren geschaffen hat.»

«Ja, da liegt seine Stärke», sagte seine Frau.

«Wie macht er das denn?» fragten sie wie mit einer Stimme.

«Nehmen Sie mich zum Beispiel», sagte seine Frau. «Ich diente ihm als Modell für Anne, Mirabel und Cynthia. Für Anne benutzte er meine Art, direkte, unmögliche Fragen abzufeuern. Nur gab er mir das Gesicht, das er an einer Schaufensterpuppe gesehen hatte. Er hat *mich* so ausstaffiert, wie er es in einem Artikel gegen exzentrische Kleidung gelesen hatte. Und so kam Anne zustande, und am Ende des Buchs erwies sie sich als unmögliche, verheerende Gestalt. Und Sie sehen, daß ich . . .»

«Das sehen wir», bemerkte ein Besucher freundlich.

«Mit Cynthia war es etwas anders. Ich erzählte ihm viel über meine Mädchenzeit. Ich beschrieb ihm alles, führte ihm den Hintergrund vor Augen, analysierte die Charaktere meiner Eltern, skizzierte die Leute, die uns besuchten, meine Lehrer, las ihm aus den Tagebüchern meiner Jugend vor, zeigte ihm die Bücher, die ich zu lesen pflegte, und was ich in ihnen unterstrichen hatte. Er legte plötzlich los und schrieb das komplette Gegenteil, einen anderen Hintergrund, ein anderes Mädchen, andere Umstände und andere Eltern. Alles, was ich ihm erzählt hatte, regte ihn zum Schaffen des Gegenteils an. Cynthia ist eine bemerkenswerte Gestalt, finden Sie nicht?»

«Sehr lebensnah», sagte einer der Besucher.

«Eine Beschreibung von *Ihnen* wäre vielleicht ebenso bemerkenswert gewesen», sagte die jüngste und empfindsamste Besucherin.

«Nun, das ging ihm nach einer Weile selbst auf, und dann erfand er Mirabel.»

«Aber Mirabel gleicht Ihnen überhaupt nicht!»

«Ich weiß nicht», sagte die Frau. «Er schrieb Mirabel mit der Absicht, ein vollkommenes Ebenbild zu schaffen. Es fing wunderbar an. Da waren meine Müdigkeit, meine kultivierte Langeweile, mein fliegendes Haar und meine Angewohnheit, laut zu denken. Aber als er das alles niedergeschrieben hatte, merkte er, daß es zu einer so merkwürdigen Person wie Mirabel nicht paßte, einen Mann wie ihn zu heiraten. Er hat mir das alles erklärt. Er sagte: ‹Nimm zwei solche Personen, beide intelligent und beide mit analytischen Fähigkeiten, laß sie zusammen leben. Nun, sie würden ihr Leben damit verbringen, einander zu analysieren, bis alle Gefühle verdorrt wären. Und es wäre quälend, ihre Analysen zu beschreiben. Ich muß Mirabel mit einem Mann verbinden, der impulsiv und intuitiv ist, nicht reflektiert!› Das hat er dann auch getan. Und als Mirabel diesen Mann heiratete, wurde aus ihr natürlich eine andere Frau, und am Ende des Buchs war sie wunderbar intuitiv und natürlich, voll jugendlicher Begeisterung für ein unangemessenes Leben. Und da haben Sie Mirabel.»

«Bemerkenswert lebensnah», sagte einer der Besucher.

«Aber warum sind seine Frauen immer so schwer von Begriff», sagte die junge Besucherin, «wo Sie . . .»

«Sehr freundlich von Ihnen zu bemerken, daß *ich* durchaus begreife. Aber das kann ich erklären. Das außerordentlichste Ereignis im Leben meines Mannes war eine unerlaubte Leidenschaft für eine Frau, die sehr schwer von Begriff war, eine bezaubernde Frau. All das vor mir zu verheimlichen (ich hätte ihm nie gezeigt, daß ich es längst wußte, schon um ihm den Spaß nicht zu verderben), sich einmal hierhin gezogen zu fühlen, einmal dahin, sich verworfen und unausgeglichen zu fühlen – all dieses Erregende, Neue, Starke und Gefährliche, das waren die stimulierendsten Gefühle, die er je erfahren hat. Als er über diese Frau hinweg war, blieben ihm die Gefühle. Aber indem er sie in ein Buch fließen ließ, verband er damit die Einsicht, daß ich verständnisvoll bin, und durch diese Alchimie gewann er eine gewisse Intensität und Reife der Erfahrung, die ihm später sehr nützte und ihn häufig inspirierte. Aber in den Büchern schrieb er dann diese Kombination von Verständnis und Leidenschaft, um das emotionale Niveau recht hoch zu halten, der Figur der Geliebten zu, und seine einstige Geliebte wurde zum Modell für die Ehefrau. Und da wären wir.»

«Unglaublich lebensnah», sagte einer der Besucher aus Verlegenheit und weil er nichts anderes zu sagen wußte.

«Es war nicht lebensnah, als er es schrieb», sagte die Frau, «aber später wurde es lebensnah, weil manche Menschen, die das Buch lasen, in sich selbst solche Gefühle entdeckten und darum nach einer Geliebten Ausschau hielten.»

«Und wie steht es mit seinem wunderbaren Verständnis für Kinder? Wo hat er das her?»

«Wir haben einen kleinen weißen Pudel», sagte die Frau, «er ist das süßeste, liebevollste und ungezogenste Ding, das Sie je gesehen haben. Mein Mann wäscht ihn, bürstet ihm das Fell, spielt Ball mit ihm, und er hat schon oft gesagt: ‹Ich verstehe, welche Gefühle ein Baby in einem erwecken kann. Sieh ihn dir nur an, wie entzückend hilflos er mich anschaut, wenn er auf dem Rücken liegt und mir seine zarten Pfötchen unschuldig entgegenstreckt.›»

Dann schenkte die Frau den Besuchern signierte Exemplare des jüngst erschienenen Buchs und begleitete sie zum Tor.

Als sie noch einmal zum Haus zurückblickten, sahen sie eine Rauchwolke über dem Schornstein schweben.

«Er mischt seine Zutaten», sagten sie.

Tishnar

Paris war in weißen Nebel gehüllt. Es hatte sich in tiefes Dunkel zurückgezogen und war ungreifbar geworden. Unerwartet tauchten Gesichter vor ihr auf, blieben jedoch verschwommen. Es begegneten ihr schwarze Schatten, die Menschen aus anderen Zeiten hätten sein können. Alle Geräusche waren gedämpft und unvertraut. Sie ging durch dunstverhangene Straßen ohne Ende und schlug Wege ein, die sie in Nebelschwaden führten. Sie sah Bücher in den Kästen, die bis auf das Trottoir ragten, und konnte ihre Titel nicht lesen. Auch die kleinen Tische der Cafés standen ihr im Weg, aber sie waren leer und feucht. Sie war abgeschnitten von der übrigen Welt und heimatlos. Andere sahen ihr Gesicht nur undeutlich, ihre Gestalt war geisterhaft, ihre Stimme ohne Echo und Wärme, ihre Augen hatten ihren Glanz eingebüßt, und sie ging wie gleitend dahin, lautlos und mechanisch.

Sie hatte auf der ganzen Welt einen solchen Augenblick gesucht, in dem sie ganz allein wäre und niemand ihrem Gesicht Gedanken entnehmen würde, die sie nicht verbergen konnte; in dem niemandem gleich auffallen konnte, daß sie langsam und traurig dahinging, und niemand den Klang ihrer Schritte vermißte, wenn sie nicht weitergehen konnte; einen Ort, wo sie vergessen und verloren sein könnte. Sie hatte danach gesucht, am Rand einer anderen Welt zu stehen, wo ihre Stimme keinen warmen Klang hätte, wo ihre Schritte unhörbar wären, wo sie endlosen Straßen folgen und mit stumpfem Blick ein Leben absehen könnte, das sich nicht fassen ließ und nicht anfühlte wie das unsere.

Der Regen auf ihrem Gesicht war wirklich und der Wind in ihrem Rücken auch, aber was trieb sie voran? Und wie konnte der Klang wirklicher Stimmen sie erschrecken und ängstigen? Sie war gern allein und spürte den Regen auf ihrem Gesicht und den Nebel und den Wind im Rücken. Die lachenden Leute sollten an ihr vorübergehen und die sprechenden auch. Sie suchte nach einer Welt ohne Farbe und Klang, wo niemand bemerken würde, daß ihre Finger Träume umklammerten und daß ihre Augen nichts als Gespenster wahrnahmen.

Sehr allmählich hatte sich der Nebel ein wenig gehoben, wie ein sehr alter Vorhang in einem sehr alten Theater. Sie stand auf einmal an einer Bushaltestelle, mit einem kleinen Fahrschein in der Hand, inmitten vieler Leute, die ebenfalls warteten.

Der Bus war sehr voll und bewegte sich mühsam von der Oper fort, knarrend, schlingernd und ruckend. Der Regen peitschte und tanzte und trommelte auf dem Asphalt. Die Leute auf den Sitzen starrten einander an oder schauten durch die regennassen Scheiben. Es roch nach Schirmen, nach Gummischuhen, nach feuchter Wolle und nassem Leder, nach Zigarren und billigen Parfums.

Die Lichter im Bus glimmten gelb und blaß. Gelangweilte Augen blickten starr und ziellos aus zusammengepferchten Körpern.

Niemand stieg aus.

Der Schaffner stand mit hochgeschlagenem Kragen in einer Ecke am Wagenende. Immer weiter entfernte sich der Bus von der Oper, unter Quietschen, manchmal plötzlich ausscherend, um anderen Fahrzeugen auszuweichen, plötzlich langsamer fahrend, wenn es bergauf ging.

Niemand stieg aus. Der Schaffner hatte ein Schild ausgehängt: *Complet*. Der Bus kam durch die Straßen, die sie kannte, er passierte sie schnell und achtlos, und immer mehr Leute standen wie Schafe im Lampenlicht, mit regennassen Gesichtern. Sie stand auf und lief zum Wagenende. Sie konnte keine Klingel finden . . .

«Bitte», sagte sie zum Schaffner, «würden Sie für mich halten?»

«Dieser Bus hält nie», sagte der Mann. «Sie müssen sich geirrt haben . . . vielleicht im Nebel. Das passiert den Leuten oft. Wir machen diese Fahrt nur einmal . . . Haben Sie nicht das Schild vorne gesehen?»

«Was steht denn drauf?»

«Andere Welt», sagte der Schaffner.

«Aber da will ich nicht hin», sagte sie, «nicht wirklich. Es war nur ein Wunsch, nur so ein Wunsch . . . Ich möchte zurück zur Oper. Bitte, lassen Sie mich aussteigen. Sehen Sie doch, so viele Leute hätten gern meinen Platz.»

In diesem Moment rannte jemand dem Bus nach, sprang auf das Trittbrett und hielt sich einen Augenblick an dem Griff fest. Sie sah das Gesicht, das sie schon lange in der Seele trug, das sie finden und ihr Leben lang lieben wollte.

«Besetzt», schrie der Schaffner verärgert, stieß den Mann fort und schüttelte heftig seine Klingel, damit der Bus weiterfuhr.

Und den Mann ließ man mitten auf der Straße im Regen stehen, der ihm über das Gesicht strömte, während er sie ansah.

Der Idealist

Vom ersten Tag an wußte Edward genau, daß sie die Falsche zeichneten. Die ganze Klasse war dem Modell zugewandt, das man für sie ausgewählt hatte. Es war eine Frau mit sehr brauner Haut, die wegen ihres von der Taille an schweren Körpers mit dem Boden verwachsen zu sein schien, wegen der fest auf dem Podest ruhenden Füße, der schwer herabhängenden Arme und Schultern. Ganz anders als die Frau, die er betrachtete und heimlich zeichnete. Sie schwebte vor ihm, als sei sie anderswohin unterwegs und nur ganz kurz hier, so daß er aus Furcht, sie könne am nächsten Tag schon wieder verschwunden sein, sofort zu überlegen begann, wie er sie ansprechen könnte. Ihr Gesicht wirkte gelassen, ihr Blick konzentrierte sich sittsam auf das Modell, und ihre Finger zeichneten korrekt, was sie sah, aber dennoch empfand er sie als so rastlos, so selbstgenügsam, als trüge sie ihre eigene Welt in sich und brauchte sich an keine Gruppe, keinen Ort zu klammern.

«Ich hoffe, Sie kommen morgen wieder», sagte er plötzlich verlegen, da ihm nichts Intelligenteres eingefallen war.

Sie sah ihn für eine Sekunde scharf an und entgegnete: «Warum?»

Er zeigte ihr die Zeichnung, die er von ihr gemacht hatte. «Sie ist noch nicht fertig, wie Sie sehen.»

«Sie haben das falsche Modell gewählt», sagte sie lächelnd.

«Nicht ich, die anderen.»

«Es stimmt, sie ist schwer zu zeichnen; man muß soviel unterbringen.»

Edward sah sich ihre Zeichnung an, auf der das Modell sehr verfeinert erschien.

«Ich sehe, Sie neigen zum Verbessern und zur Anämie», sagte er und fürchtete sogleich, sie verprellt zu haben. Er war erleichtert, als er sie lachen sah.

«Es gefällt mir, daß Sie so offen sind! Morgen können Sie mir helfen, realistischer zu werden. *Au revoir.*»

Am nächsten Morgen war sie um halb zehn da. Edward fiel auf, daß der dunkelblaue Samtanzug, den sie trug, sie wie ein Page in einer mittelalterlichen Erzählung aussehen ließ. Ihr Hut wirkte spritzig und doch weich, und als er im Flur zwischen all den anderen steifen beigefarbenen, braunen und undefinierbaren hing, wirkte er unmodern, und Edward hatte das Gefühl, sie habe das falsche Jahrhundert gewählt, wie die Zeichenklasse das falsche Modell gewählt hatte. Aber da er in diesem Jahrhundert lebte und an ihr Gefallen finden konnte, war noch nichts verloren.

Sie lächelte ihn an, aber sie dachte an etwas anderes. Dies war das Rätsel, das er unbedingt lösen wollte. Wo war sie mit ihren Gedanken, wenn sie sich nicht auf ihre Zeichnung konzentrierte? Nicht in anderen Jahrhunderten; sie trug ein Buch von Cocteau bei sich. Aber sie hatte eine beängstigende Art, über alle Köpfe hinweg und durch Wände zu blicken.

Edward fiel nichts Besseres ein, als die Qualität ihrer Kreiden und Stifte zu bemängeln, damit er ihr sagen konnte, wo es bessere gab. Reizend gefügig, traf sie ihn dort nach dem Unterricht. Er sah ihr mit Vergnügen zu, wie sie einkaufte, redete, sich bewegte, ja sogar ein Streitgespräch führte. Sie war real. Sogar ihr Geld konnte sie schnell zählen.

Als sie hinaustraten, regnete es. Edward zitterte, so echt er nur konnte, und sagte hörbar besorgt: «Wie gut jetzt eine Tasse Kaffee schmecken würde. Sind Sie schon einmal im *Viking* gewesen?»

Sein Modell schaute auf die Uhr. «Ich habe genügend Zeit. Gehen wir.»

Das überraschte ihn, obwohl er es sehr gehofft hatte. Sie kannte also das *Viking*; offenbar war sie es gewohnt, Kaffee zu trinken und auch nicht allein, und sie wußte sogar, wieviel Zeit dafür zu veranschlagen war.

Edward hatte vergessen, daß sie am Montparnasse waren, zwei Meter von der Grande Chaumiere entfernt.

Sie erzählte ihm, sie wisse, daß er sehr eindringliche impressionistische Skizzen des Nachtlebens, von Marktfrauen, Lumpensammlern und Polizisten gezeichnet hatte.

Er erzählte ihr alles, was ihm zu ihrer Person einfiel. Und kam dreimal mit ängstlicher Neugier auf die Frage zurück: «Sie sind also schon oft hier gewesen?»

«Ja, ziemlich oft. Ist das ungewöhnlich?»

«Ja», sagte er ziemlich düster.

«Aber warum denn? Warum? Ich bin lebendig, Edward Lunn, ich lebe in der Gegenwart. Sie haben sich nur die künstlerische Freiheit herausgenommen, mich weit zurückzudatieren. Ein Gesicht von 1830, sagen Sie. Mag sein. Aber mein Denken ist nicht von 1830.»

Sie beugte sich lachend zu ihm hinüber und berührte seine Hand, wie um ihm zu zeigen, daß sie kein Geist war. Er sah so erschrocken drein, daß sie die Hand sogleich zurückzog.

«Sagen Sie bloß, Sie idealisieren Frauen und sehen einen poetischen Heiligenschein um meinen Kopf!»

«Dieses schnippische, moderne Gerede steht Ihnen überhaupt nicht», sagte er. «Das ist eine Pose.»

«Verzeihen Sie», sagte Chantal, «ich habe Sie geneckt. Sie haben geträumt. Ich wollte nur den Bann brechen. Ich tue das immer, um den Bann zu brechen. Das Träumen ist mir suspekt geworden. Ich war früher selbst sehr verträumt, und während ich träumte, sind viele angenehme Dinge, reale Dinge, an mir vorbeigegangen.»

«Ich hasse reale Dinge», sagte Edward und sah sich ziemlich ungehobelt die übrigen Leute an.

Chantal wußte, daß er sie nicht verstanden hatte.

Sie sprachen über Bücher und Ideen, während sie unter einem Schirm durch den Jardin de Luxembourg gingen. Sie saßen in Cafés am boule Mich und diskutierten psychologische Fragen. Sie teilten die Liebe zur Malerei, während sie in der Grande Chaumiere nebeneinander arbeiteten. Und während sie am Seine-Ufer Jagd auf besondere Bücher machten, spürten sie die Erregung und das Fieber geistiger Übereinstimmung.

Er kannte Paris weniger gut als Chantal, die dort geboren war. Sie mußte manchmal an einer Ecke lächelnd auf ihn warten, während er seine Entdeckungen machte. Es waren sehr alte Entdekkungen. Chantal wollte sich manchmal darüber lustig machen. Seine Überraschung und sein Entzücken waren so kindlich. Dann begriff sie, daß er sich selbst entdeckte, und blieb still, nachsichtig und geduldig. Er hatte Dinge gezeichnet, wie er sie gesehen hatte, und mit so viel Einfühlung, daß sich anderen ihre wahre Bedeutung erschloß. Aber was sich darin erschloß, entzog sich Edwards Wissen und Verständnis. Seine kleinen Frauen hatten schwere Augen und Gesichter, von denen man sich vorstellen konnte, daß leidenschaftliche, sinnliche Lust sie jederzeit verwandeln könnte; seine Männer zeigten ein sardonisches Lächeln, und alle seine Menschen von der Straße besaßen die Skepsis und die Milde eines alten Volks. Doch trotz der zeichnerischen Genauigkeit fehlte ihm der Schlüssel zum Sinn seines Werkes.

Sie nahm ihn mit in die Jahresausstellung der Humoristen, und sie lachten gemeinsam. Sie legte ihm viele französische Bücher ans Herz. Sie sah, wie die Ahnung eines angstfreien Lebens in ihm erwachte. Er wurde geistreich und beweglich. Er sah, daß sie ihm lebendiges Wissen reichte, aber er hielt sie immer noch für eine legendäre Erscheinung.

Als sie eines Morgens alle sehr intensiv am Arbeiten waren, fiel Chantal auf, daß der Körper des Modells leicht zitterte. Eine Minute später sank die Frau auf dem Podest in sich zusammen, nahm den Kopf zwischen die Hände und schluchzte. Jemand aus der ersten Reihe ging rasch mit ihrem Kimono zu ihr hin und bedeckte sie. «Ist Ihnen kalt?» fragte man sie. Sie weinte weiter und murmelte vor sich hin. Chantal ging zu ihr. Das Modell war Russin und konnte nur wenig Französisch, aber schließlich gab sie zu verstehen, daß sie seit drei Tagen nichts gegessen hatte. Chantal bat um ein paar Minuten Geduld, lief in das nächste Café und kam zurück mit einem Laufburschen, der ein Tablett mit Kaffee, Portwein und einem Körbchen mit Brioches trug. Der Bursche starrte das Modell an, und Chantal schickte ihn fort. Die ganze Klasse unterhielt sich und kommentierte den Vorfall, nur drei Personen standen um das Modell. Edward schien durcheinander zu sein. Als Chantal zurückkam, saß das Modell noch in derselben Haltung da, die Knie unter sich, im vorne offenen Kimono, offenbar hatte sie nicht die Kraft, ihn zu schließen.

Sie alle verhielten sich sonst während der Arbeitsstunden dem Modell gegenüber gleichgültig und gefühllos. Sie war wie ein Möbelstück. Nur wenige Studenten sprachen mit ihr. Daß man mit ihrem Körper so vertraut war, minderte offenbar ihren Wert als Individuum. Jetzt aber, wo sie weinte und ihr Brioche aß, wo ihr Gesicht aufgedunsen war und der Kimono locker um sie herumhing, wurde sie plötzlich zu jemandem, dem man Gefühle entgegenbringen konnte. Chantal hatte Mitleid mit ihr. Edward sprach zwar nicht, wirkte aber besorgt. Eine Frau schloß ihr den Kimono. «Sie dürfen sich nicht erkälten», sagte sie. Dann wandte sie sich ab. Ein freundlicher älterer Mann fragte, ob er Geld für sie sammeln solle.

Plötzlich nahm Chantal eine Veränderung in Edwards Gesicht wahr. Sein Blick ruhte auf dem Körper der Frau, der noch immer ein wenig bebte. Wenn er zeichnete, blickte er anders.

Nach einer Weile gingen sie alle wieder an die Arbeit. Aber Chantal konnte nicht mehr zeichnen. Sie hatte die Brüste schraffiert, um deren Fülle und den Winkel, in dem sie, überreif, ein wenig nach außen glitten, hervorzuheben. Aber sie sah keine klaren Linien mehr. Es kam ihr vor, als würden die Brüste sich immer noch zitternd heben und senken. Chantal verstand nicht, warum sie am liebsten fortgelaufen wäre, als das Modell mit nassen Händen nach ihrem Gesicht gefaßt hatte, um ihr etwas ins Ohr zu flüstern.

Edward hörte ebenfalls auf zu arbeiten. «Mir reicht's für heute morgen», sagte er, ohne sie anzusehen.

Als einige von ihnen zusammen hinausgingen, ließen sie Geld auf dem Podest des Modells, sahen es aber nicht an.

Eines Abends kam Edward spät in Chantals Atelier. Er wirkte unruhig und angespannt und schien sich nicht in die Nähe der Bücher setzen zu wollen, wie er es sonst tat. Er sah aus dem Fenster in die Dunkelheit, stellte sich schließlich direkt vor Chantal, und ohne daß er sie ansah, brach es aus ihm hervor: «Ich glaube, Sie haben es wohl geahnt, ich bin besessen von dieser Frau.»

«Von dem Modell», sagte Chantal leise, wie zu sich selbst. Und sah über ihn hinweg in die Ferne. Er glaubte, sie suche seinen Blick, und neigte den Kopf. «Ach, Sie können unmöglich begreifen, was sie mir bedeutet. Sie hat mich solche Freuden gelehrt, Freuden, von denen ich nur geahnt habe, daß es sie gibt. Keine anderen Augenblicke meines Lebens kommen mir erinnernswert vor, nein, nicht einmal die, in denen ich meine besten Werke geschaffen habe – und weiß Gott, ich dachte, das wären ekstatische Höhepunkte gewesen. Mein Gefühl für Sie ist etwas ganz anderes: es ist religiös. Ich muß mit Ihnen sprechen, Chantal. Ich brauche Sie.»

«Sie können mit mir sprechen.»

«Verzeihen Sie, daß ich mit Ihnen über sie spreche, aber nur hier bei Ihnen gibt es Frieden und Klarheit für mich. Die andere ist wie ein Fieber, das mich erschöpft, wie schlimmes Fieber, schrecklicher Durst. Ich brauche sie so, ich begehre sie so. Ich gehe zu ihr. Wir verbringen den Tag zusammen in ihrem Zimmer, aber wenn ich fortgehe, bin ich nicht befriedigt. Und doch war ich furchtbar glücklich.» Er saß auf der Kante eines Stuhls und atmete tief.

«Es ist verrückt, hier fühle ich mich freier. Es liegt an der leichten Atmosphäre, die Ihre Intelligenz, Ihre gelassene Willensstärke erzeugen. Die andere Frau beherrscht mich und all meine Sinne. Ich kann nicht denken. Ich kann nicht arbeiten. Ich kann nur Lust von ihr haben. In einer Hinsicht ist diese übermächtige Selbstvergessenheit süß, schrecklich süß. Ich kann sie nicht aufgeben, ich kann sie nicht aufgeben!»

«Ich weiß, ich weiß.» Ihre Stimme klang sehr sanft, sie summte beinahe.

«Sie können es unmöglich wissen! Sie fühlen Dinge, Sie verstehen, Sie sagen nie ein falsches Wort. Sie heilen, aber Sie können davon nichts wissen! Es ist, als explodierte die Welt. Nichts sonst spielt eine Rolle oder ist von Bedeutung, außer diesem Rausch der Sinne. Und diese Frau, halten Sie das für möglich, hat mich am ersten Tag vor sich gewarnt. Sie sagte: ‹Gehen Sie, bevor ich Sie Freuden lehre, die Sie von der Sorte Frauen, die Sie bewundern, niemals bekommen werden. Gehen Sie zurück zu Ihren lieben, gesunden Gesinnungsgenossen!› Sie verachtete mich, als sie das sagte. Aber ich blieb. Ich habe es kaum geschafft, nicht sentimental zu werden. Sie ist so zäh, und ich wollte nicht, daß sie mich lächerlich findet. Wissen Sie, was ich ihr gestern statt Blumen geschenkt habe? Einen elektrischen Heizstrahler, sie hat in ihrem Hotelzimmer gefroren – einen Heizstrahler!»

Er lachte. Er stand auf und ging im Raum umher. Plötzlich fiel ihm auf, daß Chantal nicht gelacht hatte.

«Warum meinen Sie, ich könnte das nicht verstehen? Ich habe all diese Gefühle erfahren. *Mein* Wille hat sich verflüchtigt. Ich kenne diese Selbstvergessenheit . . .»

«*Sie*, Chantal, *Sie*? Aber Ihr Gesicht, Ihr engelhaft reines Gesicht!»

«Sie denken besser von jetzt an nicht mehr an mein Gesicht», sagte sie schnippisch.

Er setzte sich und wirkte vernichtet.

«Sind Sie nicht froh darüber», fragte sie sehr sanft, «wo ich Sie doch nur deshalb heute verstehen kann?»

«Froh? Froh? Wie kann ich froh sein, wenn ich mein Idealbild von Ihnen eingebüßt habe?»

«Nun, darüber bin *ich* froh», sagte Chantal und sah ihn sehr sanft und menschlich an, lehnte sich ein wenig vor und wartete ab.

Aber er hatte nicht verstanden.

Pfauenfedern

Da war ein weißes Haus mit riesigen Fenstern, die immer offen standen und über die Köpfe der Palmen hinweg aufs Meer blickten. In einem solchen Haus war sie zur Welt gekommen.

Der weiße Pfad entsprang im Herzen des Hauses und führte hinunter zum Meer. Er war von stacheligen Kakteen gesäumt, die lange Finger hatten, krumm, dick und pelzig, unempfänglich für die Seebrise. Über den zeitlosen Kakteen zitterten nah beieinander die Bambusschößlinge, unentwegt vom Wind erregt.

In dem weißen Haus lebte eine Dame, die Vögel aus allen Gegenden der Welt gesammelt hatte, Vögel mit schillerndem Gefieder, gläsernem Schrei und samtenem Benehmen, die während des Tages durch die schmalen Flure schritten und während der Nacht ganz still waren. Jede Nacht übertönte Musik das Meeresrauschen.

In jener Nacht schlief das Meer beinahe, und die Vögel und der Wind schwiegen. Die helle Stimme einer Frau schwebte hinaus in den Garten, kreiste über dem Pfad und vibrierte in der Luft. Das weiße Haus war voller Menschen, die sich an den Fenstern versammelten, um eine elektrisierte Luft zu atmen, in der die nahen tropischen Sterne blitzten.

Die Frauen in ihren sehr engen seidenen Kleidern seufzten, als die Stimme der Sängerin über ihre Brüste strich. Aufmerksam beugten sich die Männer ein wenig vor.

Der Mann der Sängerin stand an der weitgeöffneten Tür, einen Fuß auf dem Kiespfad. Nur er blickte nicht zu der Sängerin hin.

Aus dem Dunkel des Gartens kam ein Pfau, der langsam in die lange Lichtsäule hineinwatschelte, mit geöffnetem Fächerschweif.

Nachdenklich näherte er sich der geöffneten Tür. Der Mann betrachtete ihn; der Pfau bewegte sich auf die Stimme zu und lauschte. Er rührte sich nicht von der Stelle, bis die Stimme verklang. Erst als applaudiert wurde, schloß er seinen Fächer und ging in die Dunkelheit zurück.

Am nächsten Tag war der Pfau tot.

Die Dame des Hauses ließ sich die Pfauenfedern bringen und sandte sie mit einer Karte an die Sängerin.

Die Sängerin empfing sie mit einem Aufschrei: «Oh, sie bringen Unglück, das weiß ich! Und doch sind sie zu schön, als daß ich sie fortwerfen könnte. Und außerdem», sagte sie zu ihrem Mann, «fand ich es gestern abend sehr berührend, daß der Pfau mir beim Singen zuhörte.»

Und sie sandte der Dame des Hauses ihren Dank.

Die Pfauenfedern wurden in eine Blumenvase vor die orangefarbenen Wände des Zimmers gestellt.

Ihr Mann nahm keine Notiz von ihnen. Er versuchte überhaupt nichts mehr wahrzunehmen, was mit ihr zusammenhing. Einst hatte er sie wegen ihrer Stimme geliebt und hatte einen Konzertsaal mit der gleichen stillen Verzauberung betreten wie der Pfau. Er war in die Garderobe der Künstlerin gegangen, wo sie die Huldigungen unzähliger Menschen entgegennahm. Er hatte sie gebeten, sie allein an einen ruhigen Ort begleiten zu dürfen, wo sie ungestört über Musik sprechen konnten. Auf seinen Reisen hatte er einige sehr alte italienische Lieder entdeckt, die völlig unbekannt waren. Sie lachte und sagte: «Aber heute abend gibt eine Gruppe von Frauen ein großes Souper für mich. Warum kommen Sie nicht mit?»

Er war genauso langsam davongegangen wie der Pfau, als er den Applaus vernahm. Irgendwo in Italien begegneten sie sich wieder, und nach ihrem Auftritt ging er zu ihr und sagte ihr, daß er sie liebe.

Jetzt waren sie schon viele Jahre verheiratet, und er hörte nicht mehr zu, wenn sie sang, weil danach immer sehr viele Leute um sie herum waren, und sie fand alles wunderbar, was sie ihr sagten, und glaubte es. Sie sang vor ihnen und sang für sie, für das, was man ihr nachher sagen würde, wenn man sie umringte und auf ihren Triumph anstieß.

An jenem Tag, als die Pfauenfedern erst seit wenigen Stunden in der Vase standen, setzte er sich hin und schrieb ihr einen Abschiedsbrief, dann ging er in den dunklen Garten und in das Schweigen hinaus.

Sie betrachtete die Federn und sagte: «Sie sind der Grund für mein Unglück.»

Aber sie sang weiter. In Ägypten lernte sie einen jungen Musiker kennen und sang seine Kompositionen, damit er sie liebe. Er stand am Beginn seiner Karriere. Sie ließ ihm keine Zeit mehr für seine Arbeit, sondern forderte all seine Zeit für sich, und bald komponierte er nicht mehr und begleitete sie nur noch auf ihren Konzertreisen. Sie wurde seiner Bewunderung überdrüssig und begann die Lieder anderer junger Komponisten zu singen. Bei einem besonders großartigen Konzert brachte er sich dann vor aller Augen um, während sie sang, und verdarb ihr den Triumph.

«Daran sind die Pfauenfedern schuld», dachte sie.

Sie hätte sie fortgeworfen, hätte nicht ein junger Dichter zu ihr gesagt: «Sie können es wagen, das Schicksal herauszufordern, denn Sie sind schön und begabt.» Und so forderte sie die Pfauenfedern heraus, ihr Unglück zu bringen.

Sie schrieb ihre Memoiren, denn sie war sicher, man werde sie dafür bewundern. Sie hatte so viele Jahre im Glanz gelebt und war immer von berühmten Leuten umgeben gewesen. In ihren Memoiren versuchte sie, sich als empfindsam und gefühlvoll darzustellen. Sie schrieb beschönigend und sehr auf Wirkung bedacht. Als man die Memoiren jedoch las, wirkten sie berechnend, und viele Leute machten sich darüber lustig.

Da sie mit einer der Pfauenfedern geschrieben hatte, dachte sie: «Daran sind die Pfauenfedern schuld.»

Eines Tages bot man ihr in einem hinduistischen Haus eine lange Pfeife an. Sie rauchte sie und hatte wundervolle Träume. Sie sah Schiffe aus Saphir auf Korallenmeeren und sah sich auf dem Bug stehen und singen. Sie hatte das Gefühl, auf einer leichten Wattewolke in Sphären getragen zu werden, in denen ihre Stimme dahinströmte wie flüssiges Licht. Scharen sonderbarer Gestalten lauschten ihr mit Bewunderung. Dann stieg sie in dunkle Höhlen herab, wo sie sich in Wärme und Wohlgeruch auflöste, und wurde von strahlenden Männern geliebt, deren Liebe auf tausendundeine Weise in sie eindrang. Doch als sie zu rauchen aufhörte, war sie von aller Energie verlassen und sah verhärmt aus. Auch ihre Stimme veränderte sich, und sie verlor die Macht über ihr Publikum, das ihr einst so fasziniert gelauscht hatte wie der Pfau. Dennoch konnte sie das Rauchen nicht lassen, weil es ihr Trost und Geborgenheit schenkte, und sie sagte: «Die Pfauenfedern sind schuld daran.»

Nun war ihr Leben zerstört, aber sie bewahrte die Federn sorgsamer auf denn je zuvor, als wollte sie jenen, die ihren Untergang beobachteten, sagen können: «Es war die Schuld der Pfauenfedern.»

Vertrauen

Aline freute sich, daß Alban sie an jenem Nachmittag besuchen wollte. Sie hatte ihn oft mit Büchern unter dem Arm über den Montparnasse streifen sehen. Niemals saß er in den Cafés herum, was ihn bereits als besonderen Menschen kennzeichnete. Daß er zu ihrer Gruppe stieß, hing damit zusammen, daß Aline eines Abends bei einem Atelierfest gesagt hatte, das Café sei ursprünglich ein Treffpunkt, ein Ort der Gespräche, ein Markt der Ideen gewesen und sei heute zum Zoo herabgesunken. Von da an sprach er den ganzen Abend lang ununterbrochen mit ihr.

Aline neckte ihn wegen der Cafés. Er sagte, er bleibe bei seiner Haltung:

«Ich besuche nur die kleinen weißen Bäckereien, wo niemals etwas geschieht. Die Kellnerin unterbricht das Stopfen ihrer Socken neben der Registrierkasse, um mir ein Glas Milch zu bringen, das nicht sehr sicher auf den Brotkrümeln steht, die andere Leute hinterlassen haben. Die Blumen in den kleinen Vasen sind verblüht. Kein Mensch spricht modisch bewußt über das Unbewußte. Kinder kommen Brot und Schokolade holen. Das Weiß der Bäckereiwände gleicht dem von Sanatorien. Dort erhole ich mich von der Wißbegierigkeit und den biologischen Komplikationen der Zoos.»

«Aber sind Sie denn seelisch genauso weiß gekälkt?» fragte Aline. «Ich habe viel übrig für gesundes Essen, aber bei Menschen . . .» Sie zog ein Gesicht.

«Aber nein», sagte Alban, «ich schreibe schließlich Theaterstükke! Allerdings könnte ich Ihnen die gleiche Frage stellen. Was ist der Sinn Ihrer Spaziergänge durch den Jardin de Luxembourg am frühen Morgen, auf denen Sie die Kinder anlächeln, die Hündchen, die alten Menschen, die Blumen?»

«Es ist ganz schön schwierig, am Montparnasse etwas Originelles zu tun, nicht? Aber ich glaube, Sie und ich haben es gefunden.»

Als Alban kam, gestand er, noch bevor er sich setzte, er habe Angst gehabt zu kommen: «Ich sage ganz offen, als Sie vom Zoo sprachen, habe ich mich gefragt, ob Sie das ernst meinten! Manche Leute sagen so etwas nur, weil sie die ganze Szene bei sich zu Hause haben wollen. Man sieht sie nie allein. An einem bestimmten, deutlich auf Karten gedruckten Tag werden Sie in einen Raum voller Menschen gedrängt, die Sie überhaupt nicht sehen wollten. Man nennt das einen Salon. Oder sollte ich etwa am falschen Tag zu Ihnen gekommen sein?»

«Nein, mir gefällt es so. Aber Sie müssen doch zugeben, daß manche Menschen nur in Mischung mit anderen zu ertragen sind.»

«Ich weigere mich, etwas zu ertragen. Ich steige in den Zug, aufs Schiff oder ins Flugzeug.»

«Aber in Ihrem Eigensinn könnten Sie dem falschen Menschen Zugang gewähren. Machen Sie nie Fehler? Wie wählen Sie Ihre Freunde aus?»

«Ich lasse sie reden», sagte Alban.

«Neulich abends haben Sie mir nicht die Gelegenheit gegeben, auch nur ein Wort zu sagen!»

«Oh, das war eine besondere Situation. Sie sind eine so gute Zuhörerin. Es war so wunderbar, so jemanden auf Henris Party zu treffen, daß ich dem Vergnügen nicht widerstehen konnte, das zu überprüfen. Seltsam, wie gut Sie zuhören. Sie sagen kein einziges Wort, aber Ihr Lid zuckt, oder Ihre Augenfarbe verändert sich ein wenig, wird heller oder dunkler, Ihr Mundwinkel hebt oder senkt sich eine Spur – Sie füllen Ihr Schweigen mit größter Aufmerksamkeit, und man möchte immer weiterreden. Sie sollten die Frau eines Schriftstellers sein.»

«Aber ich höre nicht immer nur zu», sagte Aline.

Es war Alban, der weniger gut zuhörte, aber als sie sprach, analysierte er ihr Gesicht mit deutlichem, verwundertem Stirnrunzeln.

«Sie haben höchst ungewöhnliche Augen», sagte er, ohne auch nur den Versuch zu machen, den Zusammenhang zu wahren. «Verschleiert und tragisch unbefriedigt.»

«Ihre Phantasie als Theaterautor in Ehren, aber ich wüßte wirklich nicht, warum meine Augen so wirken sollten», sagte sie, stand auf und ging zum Fenster. «Es regnet», fügte sie nüchtern hinzu.

«Ich sehe, meine Bemerkung verärgert Sie. Das tut mir leid. Es ist nicht sehr europäisch, gleich am ersten Tag mit einer persönlichen Meinung herauszurücken. Ich bin nach Europa gekommen, um die Kunst der feinen Anspielungen und Umwege zu erlernen. Sehr weit bin ich darin wohl noch nicht? Sind Sie mir böse?»

Aline schloß die Vorhänge, zündete die Kerzen an und öffnete eine neue Schachtel Zigaretten.

«Eine reizende Atmosphäre hier», sagte er. «Aber das sind nicht nur *Sie*. Sie machen Ihrem Mann Zugeständnisse. Da sind seine Pfeifen, das *Wirtschaftsmagazin*, der Bürosessel und ein Foto des Direktors seiner Firma. Für Sie wünschte ich mir einen anderen Rahmen, eher orientalisch, einen Diwan und frische Früchte auf Schalen mit Einlegearbeit aus Korallen und Türkisen.»

«Wir können keine frischen Früchte im Haus haben, mein Mann braucht eine besondere Diät; alles muß gekocht sein.» Und dann: «Ich finde Sie abscheulich.»

«Zwingen Sie mich nicht zu Gemeinplätzen wie ‹Wahrheit tut weh›.»

«Welche Wahrheit?»

«Daß Sie seelisch allein dastehen. Und mehr noch, wollen Sie wissen, was ich Ihnen voraussage? Daß Sie sich absolut unheilbar mit einem toten Glück und einer erstickenden Häuslichkeit abfinden, weil Frauen diese Form von Einsamkeit mehr fürchten als jede Häuslichkeit. Schon neulich abends ist mir aufgefallen, daß sich Ihr Geist keine Sprünge mehr erlaubte und nicht mehr leuchtete, sobald Ihr Mann sich zu uns gesellte. Sie warteten auf seine Billigung!»

«Was hätte er Ihrer Meinung nach wohl gedacht, wenn ich wie Sie durcheinander von Bäckereien und dem Unbewußten gesprochen hätte? Wie dem auch sei, Sie haben recht. Ich habe jetzt schon meine friedvollen Tage, wenn ich müde bin oder wenn mich der Regen deprimiert, also wird es nicht mehr lange dauern, bis aus mir das wird, was Sie mir vorhersagen.»

«Sie nehmen mich kein bißchen ernst», sagte Alban, «obwohl Sie unglücklich sind.»

«Kennen Sie ein Heilmittel?»

«Freunde», sagte Alban. «Diese Lösung schlage ich in meinen Stücken immer vor.»

«Freunde vom Montparnasse?» sagte Aline spöttisch.

«Beim nächstenmal bringe ich Ihnen das Stück mit, in dem ich das Problem endgültig gelöst habe. Es wird Sie überzeugen.»

Als er gegangen war, kam Aline der Gedanke, es wäre traurig, wenn es nichts gäbe, weswegen sie getröstet werden müßte. Alban mit seinen skurrilen Anwandlungen müßte in einer solchen Krise interessant sein. Er hatte einen fruchtbaren, beweglichen Verstand, und er war kein Genie, dessen Gesicht und Figur man in Kauf nehmen mußte.

So ging sie still im Haus umher, angenehm damit beschäftigt, ihr Unglück zu addieren und abzuschätzen. Es stimmte schon, daß sie oft zu Selbstgesprächen verurteilt war und daß Sherman, wenn sie ihm ihre Erzählungen vorlas, entweder etwas brummte oder nur sagte: «Wie hübsch.» Es stimmte: Wenn sie über einen langen Nachmittag begeisterten Schreibens vor Freude außer sich war, verdarb er ihr sehr oft die Laune, indem er sie zum Tennisspielen schleppte.

Zweifellos besaß Alban Phantasie, und Geschichtenerzähler hatten sie schon immer fasziniert.

Zum erstenmal seit mehreren Jahren betrachtete sie an diesem Abend ihren Mann sehr aufmerksam und mit Abstand.

Sherman trug immer Anzüge aus sehr schweren Stoffen und wirkte sehr zuverlässig. Sein Blick deutete auf Autorität hin, auf gelassene Klugheit, auf nichts Stürmisches oder Aufsehenerregendes. Er sprach wenig und hörte mit versonnener Aufmerksamkeit zu, hinter der sich jedoch bei näherer Betrachtung manchmal verbarg, daß er ganz mit den Aktienkursen beschäftigt war. Er war fähig, die wesentlichen Philosophen zu lesen. Er hatte einen Verstand, der sich Weisheit im Sitzen aneignete, wie andere Temperaturveränderungen durch das geschlossene Fenster vom Barometer ablesen. Ein natürlicher Respekt vor dem Wissen überzeugte ihn blindlings von der Richtigkeit jener fix und fertigen Lehrsätze toter Dichter. Pflichtbewußt hatte er alles, was sie an poetischem Tun verlangten, systematisch erledigt.

Aber Aline konnte nicht ewig in dieser dünnen Atmosphäre leben und sich freudig damit zufriedengeben, Theorien miteinander zu verknüpfen. Sie mußte bis zu den tiefen, warmen Schichten solcher Worte vordringen, mußte den Wahnsinn wagen, ihren wahren Sinn zu erforschen.

Er rasierte sich. Sie gingen zu einem Musikabend in Bellows' Atelier. «Hast du schon einmal darüber nachgedacht», fragte sie ihn, «wie man durch sein eigenes Schreiben beeinflußt werden könnte?» Sie hatte das starke Bedürfnis, über Albans Stücke zu sprechen.

«Nein», sagte Sherman, «noch nie.» Er war intensiv mit einer bestimmten Stelle unter seinem Kinn beschäftigt. Seine Hände zitterten niemals. Sie wartete, bis er fertig war, um ihm Zeit zum Nachdenken zu lassen. Aber er war bereits fertig angekleidet und hatte noch immer nichts gesagt, darum fragte sie ihn schließlich, wie er es sehe.

«Was? Ach, die Sache mit dem Einfluß . . . Hm . . . nun . . . gar nichts.»

«Du glaubst nicht, daß es möglich wäre?»

«Ich weiß nicht. Aber hör mal, was machst du hier eigentlich mit mir, ist das eine Prüfung?»

«Nein», sagte Aline. «Eine Autopsie.»

Bellows hatte an diesem Abend viele Leute in seiner Wohnung versammelt, die nicht zueinander paßten, und hoffte, sie mit Musik besänftigen zu können. Er spielte für sie mit großer Leidenschaft, sprach mit ebensolcher Konzentration und nahm keine Notiz von den Fallen, in die ihn die ironischen jungen Leute locken wollten. Er hatte einen riesigen Kopf über einem kleinen, abgezehrten Körper, lange Finger, die mit knorriger Kraft auf die Tasten trafen. Seine Kompositionen, alle in Moll, beschworen etwas diabolisch Überwirkliches herauf.

Eine Sängerin war anwesend. Pianisten und Geiger haben in der Regel eine Sängerin um sich, so wie Bankleute Sekretärinnen um sich haben, und zwischen ihnen spielen sich Dinge ab, von denen die Zeitungen gerne erfahren.

Diese war eine Jüdin mit tragischem Gesicht und schönen Armen. Aber sobald sie sprach, erwies sich ihr Gesicht als Zufall, und es blieben nur die Arme, die einen unbestreitbar für ihr Geplapper entschädigten. Bellows war besonders nachsichtig. Er hörte nicht hin. Er sah auf ihre Arme, und Aline war sicher, er fühlte sie um seinen Hals. Um ihr zu huldigen, opferte er seine germanischen Ideen zur Musik und widersprach nicht, wenn sie die Italiener lobte.

Anfangs war sie durch Aline ein wenig beunruhigt. Aline trug ein dünnes, verführerisches Kleid im orientalischen Stil mit komplizierter Stickerei, das ihre Figur zugleich verhüllte und zeigte; für Bellows viel zu raffiniert, aber die Sängerin verstand und lehnte es ab.

Aber als sie vornehm, in der ganzen Reife ihrer vierzig Jahre, vornehm und gelassen im Sessel saß, ihre runden, weichen Arme auf den roten Armlehnen, bemerkte sie ebenso wie Aline, daß Aline weder ihren Sessel füllen noch ein germanisches Schönheitsideal erfüllen konnte. Und sogleich begann die Sängerin, gelassen den Abend zu genießen, mit ihren Armen mimisch die Bewegungen von Verdis Musik zu begleiten und ihren schlüpfrigen braunen Pelzmantel unentwegt neu zu drapieren.

Alines Mann wurde müde, und sie gingen früh nach Hause.

Bellows besuchte sie ohne seine Sängerin. Aline hätte ihn wirklich gern gefragt, warum er kam. Sehr impulsiv sagte sie: «Es tut mir leid, mein Mann ist nicht zu Hause», und wartete darauf, daß er ging. Er sah ganz nach einem der Männer aus, die man so verscheuchen konnte. Aber er wurde noch taktloser und sagte: «Ich hatte nicht erwartet, ihn zu sehen.»

«Nun gut, nehmen Sie Platz, Mr. Bellows.» (Und Aline hatte angenommen, er schätze ausschließlich wagnerianische Proportionen!) Sie führte ihn zum Klavier. Er spielte für sie, was er liebte; und dann zeichnete er ein musikalisches Porträt der Sängerin, verweilte sentimental lang bei einzelnen Tönen, um sich über ihre Liebe zur italienischen Straßenmusik lustig zu machen.

«Aber sie gefällt Ihnen», sagte Aline.

«Gleichwohl weiß ich, daß sie noch immer neben ihrem Orangenkarren singen sollte, wo ich sie gefunden habe. Jetzt porträtiere ich für Sie meine Portiersfrau.» Ton um Ton kam in Moll der Drachen die Stufen herauf. Die Musik wurde feierlich und einschüchternd, dann dämonisch. Die grausige Stimme der Portiersfrau erhob ein rachsüchtiges Lamento. Bellows antwortete mit ironischer Liebenswürdigkeit und schlug die Tür zu. Sie polterte in Holzschuhen die Treppe hinunter. Aline, die sich mit den Ellbogen auf das Piano stützte, lachte.

«Und jetzt Ihr Mann», sagte Bellows. Er spielte Bach. Er war gelehrt, er war präzise, er war überlegen und klassisch. Bellows übertrieb die Regelmäßigkeit der Bach-Musik. Bevor Aline etwas sagen konnte, gab er ein spöttisches Porträt von Henri, dem Bildhauer, und eine grelle Beschreibung von Alban. Für Alban setzte er die ganze Klaviatur ein und erreichte fast den Pomp eines Orchesters.

«Jetzt ich.» Er war grotesk, er war unbeständig, und doch gipfelte eine gequälte Melodie schließlich in einer triumphalen Note.

«Haben Sie das verstanden?» fragte er fast verstohlen.

«Sie erreichen Heiterkeit durch geistige Stärke, indem sie über Details hinwegsehen», sagte Aline.

«Und das», sagte er, «werden Sie niemals erreichen.»

«Sehe ich bekümmert aus?» sagte Aline.

Bellows spielte eine phantastische Sequenz. Mittendrin brach er mit einer heftigen Dissonanz ab. Aline verzog das Gesicht.

«Das sind Sie und Ihr Mann», sagte Bellows.

«Da irren Sie sich sehr.»

«Ich mag ein taktloser, grausamer alter Mann sein, aber mir scheint, Sie lieben ihn nicht.» Er hatte seinen Stuhl nahe zu ihr herangerückt, tippte auf ihre Finger, nahm seine Hand nur zögernd zurück und schüttelte seinen großen Kopf voller Mitleid.

«Da täuschen Sie sich völlig, Mr. Bellows.»

«Ich bewundere Ihren Mut, Sie liebes, kleines, geistreiches Geschöpf. Sie wollen nichts verraten, und doch sind solche Dinge viel leichter zu ertragen, wenn man darüber sprechen kann.» Versuchsweise drückte er zärtlich und vielsagend ihre Hand.

«Also wirklich», dachte sie, als er gegangen war. «Das geht zu weit!» Und wartete ungeduldig darauf, daß ihr Mann nach Hause kam. Sie hielt am Fenster nach ihm Ausschau; sie lief ihm schon im Flur entgegen, ihrem großen, jungen Mann. «Wenn du nur wüßtest, was mir passiert ist!»

Er schloß bedächtig die Tür.

Ihr Gesicht war rot vor Entrüstung. «Denk nur», brach es aus ihr heraus, «stell dir mal vor, stell dir nur mal vor, der gute Bellows hat mir doch wirklich erklärt, ich würde dich nicht lieben, dich, meinen Liebsten! Er glaubt, ich würde mein Unglück tapfer verstecken, und tätschelt mir mit seinen behaarten Fingern die Hand, um mich zu trösten. Kannst du dir diese Dreistigkeit vorstellen? Wer kann denn bloß *ihm* erzählt haben, ich wäre trostbedürftig!»

Er lachte über ihre Wut. Ihre Stimme überschlug sich, und sie konnte gar nicht schnell genug sprechen. Plötzlich beugte er sich zu ihr hinunter und küßte sie, die innerlich noch bebte: «*Du*, meine liebe, treue, aufrichtige kleine Frau», sagte er.

Ein verdorbenes Fest

Die Wohnung der Stellams war voller Lärm und Leute. Das Orchester spielte wie toll und ununterbrochen. Die Tänzer lachten. Immer noch trafen Gruppen glitzernder Damen und schlanker, lackglänzender Herren ein.

Mrs. Stellam trug ein enges, mit Glasperlen besetztes Abendkleid, das ihre weichgerundeten Schultern und ihren wohlgeformten Rücken frei ließ. Sie neckte die Männer mit einem roten Federfächer, den sie unentwegt wie eine exotische Pflanze schwenkte. Wo immer sie stand, bildete sich eine Wolke von Parfum.

Sie war sich durchaus bewußt, daß sie schön war, daß sie verehrt wurde und daß man ihr Phantasie nachsagte. Sie allein wußte, wie genau sie ihre phantasievollen Einfälle plante und wie wohlvorbereitet ihre spontanen Handlungen waren. Wie dieses Fest zum Beispiel. Sie hatte den Einfall gehabt, den Raum wie ein Kabarett mit kleinen Tischen für zwei und vier Personen zu füllen. Das Orchester trug Kosakenkostüme.

«Das wird ein erfolgreiches Fest», sagte sich Mrs. Stellam. «Fast wie ein Ball in einem russischen Palast. Wie schön meine Türbögen und die vereinzelten Leuchter aussehen und wie gut sich die Gäste von den korallenroten Wänden abheben; es scheint sie in Stimmung zu bringen, denn sie sind alle so brillant und angeregt.»

Auf einmal stand Mrs. Stellam einer Frau gegenüber, die sie nicht kannte. Die Frau war wundervoll in smaragdgrüne Moiréseide gekleidet. Sie hatte sehr längliche, sehr glänzende türkisfarbene Augen und ockerfarbenes Haar, das ihren Kopf üppig umspielte.

Mrs. Stellam begrüßte sie höflich und nahm an, sie sei vielleicht die neue Frau eines Gastes und ihr Mann sei anderswo und habe vergessen, sie vorzustellen. Die Fremde erwiderte die Begrüßung mit stummem Nicken und Lächeln, nannte jedoch nicht ihren Namen. Mrs. Stellam war gespannt, wem sie sich zuwenden, mit wem sie sprechen würde.

Die Fremde durchquerte langsam den Raum, ohne sich jemandem zuzuwenden, aber alle, die sie sahen, verbeugten sich leicht vor ihr.

«Ich habe sie nicht eingeladen», dachte die Gastgeberin irritiert, «doch hinauswerfen kann ich sie nicht. Jemand muß sie mitgebracht haben. Das sieht mir nach einem Streich von Henley aus. Er macht immer solche Sachen. Wenn er auf sie zugeht und mit ihr tanzt, weiß ich Bescheid.»

Aber es wurde immer deutlicher, daß die Fremde offenbar niemanden kannte. Wieder begann der Tanz. Ihr Gesicht lächelte unentwegt, so wie sie der Gastgeberin zugelächelt hatte – mit sehr offenem, etwas fixierenden Blick. Ihr Lächeln war ein wenig spöttisch, aber ihre Augen waren sehr ernst und durchdringend.

Ein Mann sprach sie über sein Champagnerglas hinweg an, auf gut Glück, wie Männer eine Frau ansprechen, der sie auf der Straße nachgegangen sind: «Wir kennen uns doch?»

Sie fixierte ihn, und während er sie ansah, schien sie nicht mehr nur zu lächeln, sondern sehr amüsiert zu sein. Doch als er auf ihre Augen achtete, waren sie fast unerträglich ernst. Sehr verärgert wandte er sich ab.

Ein anderer Mann trat zu ihr, und mit einer selbstverständlichen Geste führte er sie zum Tanz. Sie war sehr geschmeidig und leicht, aber sie sprach nicht. Der Mann machte ihr Komplimente. Sie sah ihn nur an, fast verächtlich, wie er meinte, doch zugleich leuchteten ihre Augen so wohltuend und unkompliziert. Ihm wurde heiß, er fühlte sich unbehaglich und begann linkisch zu tanzen.

Das Fest wurde immer lauter. Ballons flogen durch die Luft und platzten. Konfetti wurde in Augen und Münder geworfen. Ein paar Männer ahmten Tierlaute nach, grunzten, jaulten und bellten; andere futterten nervös Salzmandeln, um ihren Durst auf Champagner zu steigern. Gesichtspuder haftete deutlich an den Revers der Männer, und auf der zarten Seide der Abendkleider sah man die Abdrücke großer, feuchter Hände. Ein paar Glasperlen lagen verstreut auf dem Boden, und jemand hatte eine künstliche Nelke verloren.

Aber in der Nähe der Fremden wurden die Stimmen leiser, und niemand lachte. Eine Frau fragte die Gastgeberin, wer die Fremde sei. «Das smaragdgrüne Kleid stammt sicher von einem großen Couturier», sagte sie. Mrs. Stellam wurde immer gereizter. Sie konnte die Fremde nicht auffordern, das Fest zu verlassen; ihrem Auftreten und ihrer Kleidung nach paßte sie durchaus zu den Gästen. Die Butler waren von ihr eingeschüchtert und bedienten sie besonders aufmerksam – und die Butler hatten in diesen Dingen einen sicheren Instinkt.

Von weitem wirkte das Lächeln der Fremden so harmlos und gefällig. Viele Herren durchquerten selbstsicher und heiter den Raum, um sie zum Tanz aufzufordern, und erst wenn sie ihr ganz nah waren, fanden sie ihr Lächeln unerträglich. Wann immer sie vorüberging, verstummte plötzlich lautes Gelächter, und die kleinen fahrigen oder koketten Gesten der Frauen wurden unbeholfen. Bestimmte Gespräche wurden unterbrochen und nie fortgesetzt; einigen Paaren wurde es ungemütlich, sie strebten auseinander, und dabei blieb es.

Die Jazzmusik wurde intensiver, peitschte die Nerven auf, beschleunigte den Herzschlag. Die Fremde nahm nichts von den Getränken, aber ihr Gesicht belebte sich, und ihr Lächeln wurde so strahlend, daß keine andere Frau mehr zu lächeln wagte. Die Leute wurden unruhig. Die Jazzmusik ging weiter, und die Körper zuckten, aber die Gesichter verdüsterten und verspannten sich. Offensichtlich erstarb das Fest, und dabei war es erst ein Uhr. Mrs. Stellam war verzweifelt. Die Fremde saß stumm und unbeteiligt da wie auf einer verlassenen Insel.

«Jetzt muß sie wirklich gehen», dachte Mrs. Stellam. «Ich gehe zu ihr hin und spreche mit ihr.»

Sie standen einander nun gegenüber. Mrs. Stellam sah der Fremden scharf und kalt in die Augen.

Und sie sah darin, daß die Fremde sie kannte, wie noch niemals ein Mensch sie gekannt hatte, daß die Fremde die Frau kannte, die niemand kannte. Zweifellos. Ihre klaren, sehr eindringlichen, ernsten Augen hatten alles durchschaut . . . die Komödie, die Mrs. Stellam mit ihren Kleidern, ihrem Haus, mit Freundschaften und mit ihrer Ehe aufführte; alles, worauf sie ihre Macht begründet hatte, ihre Macht, etwas festzuhalten, zu verändern oder zu zerstören. All ihre Aktivitäten galten einzig diesem Ziel – zu dominieren, zu verletzen, um unbegrenzte Macht genießen zu können. In den Augen der Fremden sah sie all das, sah sich so, wie sie wirklich war, und da wurde ihr Blick furchtlos, direkt und still. Kein Wort hatte inzwischen das gerade Entdeckte verschleiert, obwohl Mrs. Stellam sich doch viele Male in Geplauder geflüchtet hatte, wenn sie der Wahrheit über sich zu nahe kam. Als Mrs. Stellam dem offenen Lächeln der Fremden gegenüberstand und alles zugab, was diese gesehen hatte, schien deren Lächeln eine Spur weniger schneidend zu werden, einen Hauch ungefährlicher, fast sanft.

Plötzlich wandte sich Mrs. Stellam von ihr ab, ging rasch zu der Jazzband und bat sie, so laut wie möglich zu spielen.

Doch alle brachen auf. Geschäftig wurde mit Pelzmänteln, Hüten, Schirmen und Stöcken hantiert, entfalteten Mänteln entströmten schwache Parfumdüfte.

«Auf Wiedersehen, auf Wiedersehen!» Handküsse und Dankeschöns.

Die Fremde war in einen grauen Pelz eingehüllt; die Fellspitzen schimmerten silbrig und sträubten sich. Auch sie war im Begriff zu gehen.

«Oh, wie schade, wie schade, daß Sie schon gehen müssen», sagte Mrs. Stellam.

Sie sah der Fremden in die Augen. Es war eine unglaubliche Erleichterung, ihr in die Augen zu sehen, eine Befreiung von komplizierten, gemiedenen Fragen. «Sehe ich Sie einmal wieder?»

Die Fremde lächelte und schüttelte den Kopf. «Ich komme nur einmal.»

Ein allzu glatter Boden

Anita gab dem Mädchen eilige Anweisungen. Sie packte ihre Kastagnetten und ihre Ballettschuhe ein. Sie tuschte sich die Wimpern, legte blauen Lidschatten auf und puderte sich stärker als sonst, denn es war der Tag der Generalprobe.

Als sie die dunkle Treppe hinunterging, die zu Alamillas Atelier führte, fühlte sie sich noch ganz ruhig und unscheinbar. Weder ihr schwarzer Hut noch ihr Mantel hatten etwas Aufsehenerregendes. Als sie jedoch die Tür öffnete und plötzlich den kleinen Trommelwirbel von Alamillas Kastagnetten vernahm und als er selbst kam und sie begrüßte: «Da bist du ja, kleine Zigeunerin!», da fühlte sie sich wie eine ganz andere Frau.

Ihr spanisches Kostüm hing bauschig am ersten Haken rechts in der Garderobe. Auf den anderen Haken hingen Ballettkostüme, zwei spanische Kostüme, ein alter Pullover, ein altes Handtuch, und Ballettschuhe lagen auf den Stühlen, auf den Regalen, auf dem Waschbecken, überall, bis hin zu dem überquellenden Abfallkorb, in dem sie am Ende ihrer kurzen Karriere landeten.

Als sie ihr Kleid angezogen hatte, schaute sie in den Spiegel, um die Ohrringe anzulegen und die Nelke festzustecken. Auf dem Ablagebrett vor dem Spiegel lag eine alte Zeitung, in der sie täglich von dem Verbrechen aus Leidenschaft las, das am Donnerstag in der rue de Notre-Dame begangen worden war. Sie kam nie über die Beschreibung des Liebhabers hinaus, der braune Augen, einen grauen Anzug und eine Tendenz zur Eifersucht hatte. Sie erfuhr nie, wie die Dame ausgesehen hatte, die der Anlaß zu dem Verbrechen gewesen war. Sie hätte das Ende des Berichts lesen können, wäre sie nicht jedesmal von den Frauen unterbrochen worden, die vor ihr Probe hatten. Hier kam eine von ihnen, schwitzend, glühend, eine große, gesunde Frau mit brauner Haut und der überzeugenden Zähigkeit, die für ein Musiktheaterleben erforderlich ist. Aber ihr Haar fiel nicht so gut wie das von Anita, und Anita hatte zwei Wochen lang gezögert, ihr Geheimnis preiszugeben. Heute sagte sie in einem Anfall von Großmut: «Du mußt Gomina nehmen.» Die Tänzerin schenkte ihr ein unerwartet freundliches Lächeln und erwiderte: «Ich sag dir, wo sie dir die Schuhe mit Gummi besohlen, so daß du beim Tanzen nicht ausrutschst.»

Alamilla rief sie sogleich. Er mochte es nicht, wenn sie miteinander sprachen. Er befürchtete, daß sie einander wie zwei echte temperamentvolle spanische Tänzerinnen bald die Kämme aus den Haaren ziehen würden. Aber die Frau mit den widerspenstigen Haaren war vom Montmartre, und Anita war nur zur Hälfte Spanierin.

«Wenn du dir das nächste Mal meinen Unterrock ausleihst», sagte Anita, bevor sie hinausging, «nähst du besser den Riß wieder zusammen, so daß ich es nicht merke!»

Das war der Ausgleich für Gomina.

Es war dunkel, als sie wieder nach draußen kam. Die place Clichy war mit farbigen Lichtern geschmückt, mit den gelben Lichtern der kleinen und größeren Cafés, mit den weißen Lichtern des Jahrmarktes. Die Karussellmusik war so verstimmt, daß sie wie die Melodie aus einem völlig unbekannten Land klang. Es störte Anita nicht, daß sie dieselben Melodien bereits in anderen Vierteln von Paris gehört hatte. Sie hatte das Gefühl, in der Fremde unterwegs zu sein, unter schmalschultrigen Menschen mit glühenden Augen, die sich mit unruhigen Händen ständig billige Zigaretten anzündeten und mit rauhen Stimmen unaufhörlich weitere Getränke bestellten. Sie würde an die Ecke eines Tisches geschubst werden, würde wie Treibholz herumgeworfen werden von der Menge, die sich bewegte wie das Meer, vom Wogen und Gären des Pariser Lebens.

Sie kehrte immer wieder zur place Clichy und deren Umgebung zurück. Es kam ihr so vor, als führen mit dem Bus, der sie in die Theatergegend brachte, nur besondere Menschen. Sie stiegen am *Casino* und am *Apollo* aus. Während der Bus dort hielt, saß sie im grellen Licht der Leuchtreklamen und lebte für einen Augenblick einen Teil ihrer Träume – billige Träume von dickem Make-up, blendendem Scheinwerferlicht, einem dunklen Publikum, das ihr applaudierte, und von lebhaften Menschen hinter der Bühne, mit denen sie leben konnte. In den elektrischen Sternen, strahlenden Sonnen und diamantenen Schlangen des *Casino* sah sie die Symbole einer phantastischen Bestimmung. Sie wünschte sich statt des vernünftigen Schicksals ein phantastisches, Glanz statt Harmonie, endlose Reisen und das ewig schwankende Bühnenleben statt Sicherheit.

Wenn sie allein spazierenging, suchten ihre Augen ganz selbstverständlich die Lichter, die grellen, blendenden der kleinen Geschäfte, die tanzenden und springenden der Reklamen, die roten, abwärts gerichteten Pfeile an den Metroeingängen, jene Lichter, die «Revue de Paris» am Himmel aufblitzen ließen und die Sterne überstrahlten. Ganz in Schwarz folgte sie mit ihrem Koffer, ihren Kastagnetten den Lichtern, einen andalusischen Rhythmus im Kopf.

Ein junger Mann hielt sie an, ein junger Mann, dessen Gesicht vom schnellen Leben verbraucht war, ein schönes Gesicht mit Spuren alter Gefühle, mit Augen, die alles gesehen hatten. Er lächelte ein Lächeln, das sich seines Charmes sicher war: «Du bist zu hübsch, um allein spazierenzugehen.» Sie sah in das Gesicht, das alles gesehen hatte. Sie nahm in der Tiefe seiner Augen einen Funken von Spott wahr. Ihre Oberfläche spiegelte die Lichter wider wie Glas. Darunter waren sie trübe, wie ausgebrannt. Sie huschte davon. Sie hatte es diesmal eilig, sie mußte zur Probe. Als sie wieder hinaustrat, hatte der Abendnebel die Lichter getrübt, ein Nebel, der sich nicht vom Himmel herabsenkte, sondern wie der Atem der Erde aus dem harten Pflaster emporstieg.

Anita erhielt ihr erstes Engagement in einem kleinen Ballett an einem kleinen Theater. Zwei Männer saßen an dem Tag, als sie den Vertrag unterzeichnen kam, im Büro des Direktors.

«Ihre Partner», sagte der Direktor. «Dies ist der spanische Tänzer Mr. Boris, ein Russe, der viele Jahre in Spanien den spanischen Tanz studiert hat. Mr. Lasa ist Südamerikaner und übernimmt die Rolle des Zigeuners. Am besten fangt ihr gleich an. Wir haben nicht viel Zeit. Ihr könnt mit der Choreographie der Tänze beginnen. Der Pianist wartet auf euch. Morgen kommt der Kostümbildner dazu.»

Diskret musterten sie einander. Boris trat neben Anita. Lasa sagte: «Sie haben genau die richtige Größe füreinander.»

Anita fiel auf, daß Boris sich auf sein gutes Aussehen nicht zuviel einbildete.

Sie begannen mit dem Tanz und der Verwandlung. Anita trug ein abgetragenes Zigeunerkleid mit ausladendem roten Unterrock. Sie tanzte in Wellen um Boris herum, um ihn zu verhexen. Es war in dem Ballett unbedingt notwendig, daß sie ihn verhexte. Lasa saß rauchend da und sah ihnen zu, bis er an die Reihe kam. Mit technischer Vollendung täutschte Boris Leidenschaft vor.

«Geben Sie acht auf meinen Kamm», sagte Anita.

«Ich werde auf gar nichts achtgeben, wenn ich Sie entführe», sagte Lasa. «Ich bin ein primitiver Zigeuner.»

Die Bühne war klein. Wo demnächst eine Palastmauer, Bäume und ein Brunnen zu sehen sein würden, standen jetzt Stühle.

Der Elektriker ließ seine Arbeit ruhen und sah von seiner Leiter aus interessiert zu. Aber die Putzfrau kannte das alles längst und wirbelte weiter Staub auf, während sie arbeiteten. Die Schauspieler des ernsten Stückes, das dem Ballett vorangehen sollte, trafen ein und beanspruchten die Bühne für sich.

«Wie lang sind Sie schon im Geschäft?» fragte Lasa.

«Einen Tag.»

«Und Sie sind noch keinmal gestolpert? Aus Ihnen kann etwas werden.»

«Wir adoptieren Sie», sagte Boris.

«Wissen Sie, wie man sich schminkt?»

«Können Sie sich verbeugen?»

«Wissen Sie, wie man den Vorhang nicht auf den Kopf kriegt, wenn er fällt?»

«Wie man allein ein lahmes Publikum aufwärmt?»

«Verstehen Sie etwas von der Beleuchtung?»

«Ich habe vor nichts Angst», sagte Anita, «außer vor Rissen im Unterrock.»

«Wenn Sie Geld haben, laden wir Sie auf ein Glas ein, sobald Sie sich umgezogen haben», sagte Lasa.

Die Kneipe war sehr klein. Der Frühling hatte noch nicht Einzug gehalten. Man hatte den Ofen mit Asche darin draußen vergessen. Der kleine Ofen brannte gewöhnlich an kalten Tagen, damit die Leute selbst im Winter draußen sitzen konnten. Boris und Lasa legten die Füße darauf, während sie sprachen.

«Was erwarten Sie von der Bühne? Was wissen Sie über das Bühnenleben?» fragte Boris sie. «Sind Sie eine Traumtänzerin?»

Sie erinnerte sich an ihre wilden Träume von einem extravaganten Leben und an den abgebrühten Blick des jungen Mannes, den sie zugleich geliebt und gehaßt hatte, aber davon konnte sie ihnen nicht erzählen.

«Es ist schon wahr, mir fehlt Erfahrung», gab sie zu. «Aber ich weiß viel vom Bühnenleben, und ich bin keine Traumtänzerin.»

«Wieso sind Sie so sicher?» fragte Lasa.

«Oh, ich habe viel gelesen. Ich habe enorm viel gelesen», sagte Anita. Und sie setzte zu einer allumfassenden Geste an, die sie etwas bescheidener enden ließ, als sie merkte, daß sie sich an die Titel der Bücher, die sie gelesen hatte, nicht mehr erinnerte. «Colette zum Beispiel . . . und viele andere . . .» schloß sie unvermittelt.

Nur die Augen von Boris lachten. Lasa trank und sagte nichts.

Es war ihr unangenehm, daß ihre Garderobe keine Tür hatte, nur einen eingelaufenen Vorhang. Während sie sich auszog und ankleidete, kamen Leute mit irgendwelchen Nachrichten herein oder um sich ihre Cold Cream oder ihr Handtuch zu leihen. Eines Tages lief sie nach einer Probe im Kimono, noch außer Atem vom Tanzen, zum Geschäftsführer und prallte mit Boris zusammen, der sie fragte, was los sei.

«An meiner Garderobe gibt es keine Tür.»

«Aber in so kleinen Theatern gibt es nie Türen an den Garderoben.»

«Ich erkälte mich bestimmt», sagte Anita.

In ihrer Garderobe dachte sie: «Nun ja, ich habe mich nach dem Bühnenleben gesehnt, und ich habe eben nicht nur annehmbare Partner, unterhaltsame Proben, aufregendes Scheinwerferlicht und viel Abwechslung, sondern auch eine Garderobe ohne Tür. Ich war auf alles gefaßt, nur darauf nicht. Daß ich im Kimono ein und aus gehe, Besucher empfange, während ich letzte Hand an mein Kostüm lege, gut – aber nicht, daß ich mich hinter einem eingelaufenen Vorhang vor den Augen der Elektriker aus- und anziehen muß.» Das hatte sie nicht einkalkuliert. Sie hatte vorgehabt, sich anzupassen, natürlich und unkompliziert zu sein – aber doch mit ein paar aristokratischen Vorbehalten.

Sie versuchte es mit Tricks: sie stellte einen Stuhl vor den Vorhang, so daß die Leute, die einfach hereinplatzten, zunächst dagegen stießen, was ihr Zeit ließ, in den Kimono zu schlüpfen. Aber dann kam ein Bote, steckte in seiner Eile ohne Vorwarnung den Kopf durch den Vorhang; sie hatte gerade noch Zeit, sich in den Vorhang selbst zu hüllen, wobei sie gegen jemanden stieß, der vorbeilief, und immer noch in den Vorhang gewickelt, wich sie zurück und griff ziemlich spät nach ihrem Kimono.

«Es wird langsam Ernst», dachte sie. Sie versuchte auch, sich unter ihrem Kimono umzukleiden, mit dem Rücken zum Eingang. Aber dann sah man sie im Spiegel. Sie klebte Papier über den Spiegel. Boris sah es und fragte, was los sei. «Der Spiegel ist bläulich», sagte sie. «Es bedrückt mich, wenn ich mich darin sehe.»

«Sie können meine Garderobe haben, die ist besser», sagte Boris.

Sie lag am Ende des Korridors. Anita warf einen Blick hinein. Dort gab es nicht einmal einen Vorhang.

An jenem Nachmittag zog sie sich umständlich unter dem Kimono um. Sie hatte sich in den Ärmeln verheddert, als der Tischler erschien.

«Madame, macht es Ihnen etwas aus, wenn ich jetzt die Tür anbringe? Es dauert nicht lange. Ich brauche sie nur einzuhängen.»

«Es gibt also doch Türen!» sagte Anita.

«Aber die alten waren kaputt.»

Sie lief hinaus, um Boris zu suchen. «Wie war das mit den Türen eigentlich gemeint?»

«Ich wollte Ihnen nur zeigen, meine Liebe, daß man aus Büchern nicht alles erfährt.»

«Dann hoffe ich, daß ich mich auf *Sie* verlassen kann», sagte Anita mit einem Blick, der nicht gerade schmeichelhaft war.

Der kleine Tisch in der Kneipe und die drei Gläser darauf wurden zum Ritual. Boris und Lasa sagten, Anita müsse nüchterner werden. Sie redeten auf sie ein, um die Nebelschwaden ihres imaginären Rausches zu vertreiben. Aber sie gab sich nicht geschlagen. Sie war auf Eintönigkeit gefaßt gewesen, auf Routine, harte Arbeit, Eifersüchteleien und Zank. Sie war auch nicht enttäuscht, als Lasa ihr eröffnete, daß ihr Name nicht in Leuchtschrift zu sehen sein würde und auch auf den Plakaten nur sehr klein gedruckt, weil die Schauspieler des «ernsten» Stückes bedeutender seien.

Sie zogen sie auch damit auf, daß sie bisher weder Kopf noch Herz verloren hatte.

«Das Bühnenleben packt Sie nicht so, wie es sollte», sagte Lasa.

«Wie sollte es mich denn packen?»

«Oh, man stürzt sich mit Haut und Haaren hinein, zeigt ein Übermaß an Gefühl, verliebt sich . . . ich habe Sie mit Liebe überhäuft, und Sie lächeln nur.»

«Das gilt auch für mich», sagte Lasa.

«Aber ich habe mich einfach nicht verliebt», sagte Anita.

«Können Sie nicht auch so ein bißchen flirten? Man möchte meinen, Sie können nicht anders.»

«Oh, aber das ist mein Steckenpferd», sagte Anita, «ich glaube, ich kann durchaus anders.»

«Und – mit Erfolg?»

«Bisher.»

«Ein komisches Steckenpferd! Wie sind Sie bloß auf die Idee gekommen?»

Anita zögerte.

«Stellen wir indiskrete Fragen? Sie wissen, wie gern wir Sie haben.»

«Ich weiß. Ich kann es ruhig sagen. Mein Vater hat mich auf die Idee gebracht. Ich habe meine Mutter nie kennengelernt; sie war eine Frau, die jeder Laune nachgab, egal, wie sehr sie andere auch damit verletzte. Sie verließ uns aus einer Laune heraus. Ich habe mir geschworen, meiner Mutter so wenig ähnlich wie möglich zu werden.»

«Aber warum sind Sie dann ausgerechnet Tänzerin geworden? Als gäbe es nicht andere schwierige Möglichkeiten . . .»

«Ich glaube, das war fast Absicht. Es schien mir der schwierigste Weg zu sein, wenn ich so leben wollte. Außerdem ist meine Mutter Schauspielerin – ihr Beruf war immer ihre Ausrede. Ich möchte fast den gleichen Beruf ausüben und es trotzdem schaffen, nicht den Kopf zu verlieren, bevor ich mich wirklich verliebe. Amüsiert Sie das?»

«In unserem Leben lernt man allerlei kennen», sagte Boris. «Ich wünsche Ihnen Glück.»

Der Abend der Premiere. Das ausladende spanische Kostüm mit dem Rüschenrock paßt kaum in die kleine Garderobe. Anitas Augen – schwarz ummalt, mit blaugrünem Lidschatten, getuschten Wimpern – wirken doppelt so groß wie sonst. Im Spiegel sieht sie, daß ihr Gesicht strahlt, daß die Spitzenmantilla schön fällt, daß die drei großen Nelken sicher angebracht sind. Sie befeuchtet die Sohlen ihrer Schuhe. Während sie sich zurechtmacht, kommt

Sanette, um nachzuschauen, ob sie richtig geschminkt ist. Er inspiziert ihr Gesicht und sagt: «Gut so – aber vergiß nicht den roten Punkt in den inneren Augenwinkeln.»

Durch die Trennwände zwischen den Garderoben hört sie Stimmen, Aufschreie und Flüche. Boris' sehr enge Weste ist ein wenig aufgeplatzt. «Unter dem Umhang sieht man es nicht», ruft Lasa beschwichtigend. Aber Boris ist außer sich. Lasa schreit, daß ihm die Brillantine ausgegangen ist – kann Boris ihm welche leihen? Boris brüllt zurück: «Aber du bist Zigeuner, du benutzt keine Brillantine.»

«En scène pour le premier acte!»

Das ernste Stück hat begonnen.

Anitas Hände sind so kalt, daß sie sich fragt, ob sie überhaupt mit den Kastagnetten wird spielen können. Sie klingen besser, wenn ihre Hände warm sind. Sie hört, wie sie anderen Schauspieler aus ihren Garderoben eilen. Sie versucht, ihre Augenbrauen zu verlängern, aber ihre Hand ist nicht sehr sicher. Sie tupft noch ein wenig Gomina auf die schwarzen Locken an den Wangen. Schließlich geht sie hinaus auf den Korridor und sieht, daß Boris fertig ist und Lasa zur Eile antreibt. Aber es ist noch viel Zeit. Das ernste Spiel hat verspätet begonnen und dauert anderthalb Stunden. Es ist kalt und zugig. Überall herrscht geschäftiges Treiben: Anweisungen und Gegenanweisungen zur Beleuchtung, Vorhang und wieder Vorhang. Man hört die Zuschauer lachen und kurz darauf ihren spontanen Beifall. Links hocken Elektriker auf Leitern. In den Ecken liegen Möbelstücke und aufgerollte Teppiche von anderen Bühnenbildern. Nirgendwo kann man sich hinsetzen, über vieles kann man stolpern. Es gibt aufgeregte Szenen, Verzögerungen, ein paar Fehler. Aber immer sagt jemand beruhigend: «Schon gut, das Publikum merkt es nicht.» Anita fragt sich, worüber es noch alles hinwegsehen wird.

Jetzt das Ballett. Lasa streicht eine von Anitas Rüschen glatt. Die weißen und orangefarbenen Scheinwerfer strahlen auf.

Anita und Boris tanzen zusammen. Ihr orange-schwarzes Kostüm und Boris' üppig bestickter Umhang haben der Menge ein kleines «Oh» der Bewunderung entlockt. Der Tanz ist lebhaft und farbig. Anita fühlt sich von dem ungeheuren, phantastischen Wunsch getragen, besonders schön zu tanzen angesichts dieser großen, stillen, dunklen Erwartung, die ihr entgegengebracht wird. Ein neues Ich ergreift Besitz von ihr, ein Ich mit verdoppelter Kraft und verdoppeltem Enthusiasmus. Eine neue Frau, kühn und selbstsicher, kommt zum Vorschein. Boris spürt es und tanzt mit gleicher Vitalität und Eleganz. Der Applaus erschreckt sie fast. Das Ballett müßte weitergehen, aber das Publikum wünscht, daß dieser Tanz wiederholt wird. Aus der Dunkelheit steigt eine Welle von Begeisterung herauf. Das macht sie sicher, leicht, ausdrucksstark. Am Ende muß sie ihr Solo wiederholen. Der Vorhang fällt. Ihr ist heiß, und sie ist außer Atem. Sie muß mehrmals herauskommen und sich verbeugen. Als der Vorhang zum letztenmal fällt, sieht sie sich von fremden Menschen umringt, die ihr den Weg zur Garderobe versperren, ihr gratulieren und begeistert die Hände schütteln. Jemand gibt ihr einen Schal, und sie hüllt sich fest darin ein.

Boris, der neben ihr steht und seinen Teil der Komplimente entgegennimmt, flüstert: «Versuchen Sie, etwas zu sagen, irgendwas.» Sie ist noch ein wenig geblendet vom Rampenlicht. Sie sagt: «Danke, danke sehr», und versucht, in ihre Garderobe zu kommen. Boris ruft ihr zu: «Ziehen Sie sich groß an, wir feiern.»

Ein großer Tisch im *Lion Amoureux*. Die leitenden Theaterleute waren da, die Schauspieler, ein paar Kritiker und ein Mann, der davon sprach, man solle das Ballett in einem größeren Theater bringen. Anita saß zwischen Boris und Lasa und fand auf ihrem Teller ein Album für die Zeitungsausschnitte vor. Ihr war immer noch sehr warm, und sie fühlte sich ein wenig benommen. Die Kellner bedienten sie sehr aufmerksam und lächelten ihr verständnisvoll zu. Sie hatte einen weißen spanischen Schal umgeworfen. Die Jazzmusik war so laut, daß wenig gesprochen wurde, aber viele bedeutsame Blicke wurden getauscht, und man lachte viel. Sie wurde von Männern zum Tanz geführt, die nicht viel vom spanischen Tanz zu verstehen schienen, um so mehr dagegen von den Vorzügen ihrer Augen, ihrer Fesseln und ihrer Taille. Sie wurde zum Tee und zu späten Soupers eingeladen; nach dem Ballett sollte sie in einem Kabarett tanzen. Sie war so müde, daß sie zu allem ja sagte, in der Hoffnung, es später klären zu können.

Danach begannen die meisten Abende einander zu gleichen. Immer gab es die Anspannung, den Höhepunkt und eine Art von Zusammenbruch; lustlose Soupers nach der Aufführung, Kritik und Lob in den Zeitungen, Angebote kleinerer Engagements. Fotografen und Abzüge von Fotos, die ihr nicht glichen, und glühende Briefe von Büroangestellten und Laufburschen.

Sie gewöhnte sich an das Aufsehen und die Geschäftigkeit ebenso wie an die Ruhe. Sie kleidete sich mit größerer Gelassenheit an, antwortete knapper, war weniger leicht zu überraschen und hatte den alten Hasen Boris und Lasa sogar ein paar Verbesserungsvorschläge zu machen. Die beiden präsentierten sie als eine Tänzerin, die man im Schnellverfahren produziert habe, in kaum achtundvierzig Stunden.

Das Ballett wechselte das Theater. Es lief vier Monate lang erfolgreich. Der Frühling kam nach Paris und mit ihm die ausländischen Besucher, und obwohl das Publikum wechselte, reagierte es immer positiv auf die lebhafte Geschichte mit dem dramatischen Ende und auf die tänzerische Qualität.

Anita nahm allmählich an, ihr stünde nun eine interessante Bühnenkarriere bevor.

Eines Abends, als Anita nach der Aufführung die anderen nicht zum Essen begleiten wollte, weil sie müde war, bat eine Frau, sie in ihrer Garderobe besuchen zu dürfen (die nun schon viel größer und voller Spiegel war).

«Du erkennst mich natürlich nicht. Wie solltest du auch. Du warst erst vier, als ich deinen Vater verlassen habe.»

Anita sah eine etwa zwanzig Jahre ältere Frau vor sich stehen, die ihr überraschend ähnlich sah. Dies war die Frau, die ihren Vater unglücklich gemacht hatte – mehr wußte sie nicht. Sie hatte nie an sie gedacht, nie nach ihr gefragt, sich nie gewünscht, sie kennenzulernen. Sie wußte nur, daß sie unter anderem Namen Schauspielerin geworden war.

«Dein Vater hat nie von mir gesprochen?»

«Nein», sagte Anita.

«Es ist nur natürlich, wenn du mir keine besonderen Gefühle entgegenbringst – du warst noch so klein. Damals habe ich mir nie vorgestellt, daß du einmal einen solchen Beruf wählen würdest.»

«Was interessiert dich an meiner Karriere?»

«Da ist doch eine Gemeinsamkeit zwischen uns, oder? Als ich vor sieben Jahren vom Tod deines Vaters hörte, war ich nicht sicher, ob ich mich dir zu erkennen geben sollte. Ich dachte, du wärst vielleicht ein steifes junges Mädchen, ihm sehr ähnlich, genauso ernst und nur an Büchern interessiert. Dann fand ich heraus, daß eine Tänzerin aus dir geworden ist! Für mich war das eine große Freude. Ich dachte immer, du wärst *seine* Tochter, und jetzt sehe ich, daß du *meine* bist!»

«Aber nun habe ich mich daran gewöhnt, allein zu leben und niemandes Tochter zu sein», sagte Anita, «ich glaube nicht, daß sich viel ändern kann.»

«Freut es dich nicht, mich zu sehen?»

«Ich kenne dich im Grunde nicht, oder? Was soll ich darauf sagen?»

Die Frau lachte. «Himmel, bis du modern! Und ich glaube, das gefällt mir. Ich glaube, wir könnten einander wundervoll verstehen. Wir haben das gleiche Leben geführt, haben die gleichen Interessen. Kennst du eigentlich meinen Bühnennamen? Vivien Foraine. Sagt dir das etwas?»

«Ja», sagte Anita erfreut. «Von Leuten, deren Urteil zählt, habe ich gehört, du seist eine gute Schauspielerin.»

«Und ich finde, du bist eine großartige Tänzerin. Und sehr originell.»

«Du hast mich tanzen sehen?»

«Mehrmals. Siehst du, ich wollte wissen, ob ich dich mag, bevor ich mich vorstellte.»

«Danke», sagte Anita.

«Es ist schade, daß du mir nicht etwas Ähnliches sagen kannst.»

«Du mußt mir Zeit lassen», sagte Anita sanft.

«Darf ich dir einen Kuß geben?»

Die Frau kam ihr wie eine Fremde vor. Vielleicht war diese Fremdheit jeder instinktiven Liebe zum Trotz entstanden, weil sie Anitas Vater unglücklich gemacht hatte. Aber Anita gefiel ihre Erscheinung, ihre Stimme, ihr Benehmen, ihr Glanz. Sie sah im Spiegel die große Ähnlichkeit, und die zwanzig Jahre, die zwischen ihnen lagen, fielen kaum auf. Vivien war schlank, vorzüglich gekleidet, nach Art der Theaterleute geschminkt, jedoch dezent und sorgfältig. Und zum erstenmal begann Anita es zu genießen, einen Menschen, mit dem sie verwandt war, nahe bei sich zu haben. Sie war in den vergangenen sieben Jahren, in denen sie sich dem Tanz gewidmet hatte, völlig allein gewesen.

«Du hast noch nicht zu Abend gegessen. Magst du nicht mitkommen? Nach Hause?»

Nach Hause. Das war eine Einladung, die Anitas Neugier weckte. Die Frau kam ihr wie eine neue Freundin vor, eine lässige, unkomplizierte Freundin, wie man sie bei ihrer Lebensweise manchmal zufällig fand. Heute hier, morgen wieder verschwunden, vielleicht auf Tournee gegangen. Das war ihre Mutter für sie, eine Freundin, die morgen schon wieder fort sein mochte.

Als sie an jenem Abend die Einladung zum Essen annahm, war ihr freilich nicht klar, daß sie damit ein Zuhause akzeptiert hatte.

Nach dem Essen sprach ihre Mutter immerfort weiter und bot ihr schließlich das Gästezimmer, einen Morgenrock aus Spitze und jadegrüne Hausschuhe an.

«Du siehst überrascht aus. Aber warum? So ist unser Leben. Betrachte es als Teil deines Bühnenlebens: ein plötzliches Engagement. Sie kommen doch immer aus heiterem Himmel, nicht? Das Angebot, bei deiner Mutter zu leben. (Sieh dir mein Zimmer an. Magst du changierenden Taft?) Du kannst dir nicht vorstellen, wie sehr ich befürchtet hatte, du könntest deinem Vater gleichen, schwierig und intolerant sein. Es war eine solche Freude, dich dort tanzen zu sehen, mit Begeisterung, Wärme und Vitalität, und mir wurde klar, daß du mein Leben und mein Temperament besser verstehen könntest, als er es jemals getan hat. Du mußt Norman kennenlernen. Norman ist der einzige Mann, zu dem ich immer wieder zurückkehre, was ich auch tue. Er ist ein Engel. (Hier ist das Bad. Welche Sorte von Badesalz magst du?) Und du, meine liebe kleine Anita, hast du keinen Norman, der irgendwo auf dich wartet und sich fragt, wo du heute abend bleibst?»

«Noch nicht», sagte Anita. Sie begann das Fremdartige und den Verlust ihrer Unabhängigkeit zu spüren. Und doch nahm sich alles so harmlos aus, sehr anziehend und angenehm, und ihre Mutter äußerte ihre scharfen Bemerkungen leichthin mit wunderbar weicher Stimme, mit der sehr anrührenden, tiefgründigen, vollen Stimme einer Frau, die warm, liebevoll und tröstlich sein kann. Im Augenblick allerdings schien ihr Interesse sich auf Parfum, Pantoffeln und die rechte Zeit fürs Frühstück zu konzentrieren. «Wie ein Wochenendgast», dachte Anita. Aber sie war so müde, daß sie nicht lange darüber nachdachte. Und am nächsten Tag war es bereits zu einer guten alten Gewohnheit geworden. Sie mußte nur ihr Hotelzimmer kündigen und umziehen. Beide hatten sie etwa zur gleichen Zeit Proben. Sie trafen sich nur kurz zum Lunch und nach den Vorstellungen.

Vivien interessierte sich sehr für Anitas Kostüm. Für Vivien waren Kleider fast eine Religion, sich anzukleiden ein Ritual. An regnerischen Tagen, wenn alle nur graue oder mottenzerfressene Sachen trugen, trat sie in einem glänzenden, fröhlichen Regenmantel auf. Mit ihrer Kleidung trotzte sie eher den Elementen, als sich ihnen zu unterwerfen. Anita sah, daß Viviens Kleidung fast als Provokation für die Unauffälligen gedacht war. Vivien rechnete mit großen Ereignissen, wie sie den meisten Frauen nicht zustießen, und sie war immer dafür gekleidet, für das Unerwartete, das Abenteuerliche. Ihre Kleidung weckte Unruhe in den Leuten, ähnlich den Gefühlen, die sie beim Lesen von Reisebeschreibungen oder Broschüren hatten, eine gewisse Wanderlust, die Sehnsucht, dem Vertrauten und Konventionellen zu entfliehen. Was die Bühne an Phantasien freisetzte, übertrug Vivien auf ihren Alltag. Zwischen ihrer Szene, ihrer Kostümierung und den Wohnungen und der Kleidung anderer Frauen klaffte ein Abgrund, so breit wie der Orchestergraben im Theater, und sie verstand es, sich jederzeit so ins Rampenlicht zu stellen, wie sie es als Schauspielerin auf der Bühne tat.

Anita hatte das Gefühl, eine sehr interessante Freundin gefunden zu haben.

Vivien hatte Anita gesagt, sie würde Norman erst in etwa einer Woche kennenlernen, denn er sei auf Reisen.

Doch als sie eines Nachmittags zur Probe gehen wollte und Vivien gerade fort war, begegnete Anita ihm mit seinem Koffer an der Tür.

«Vivien hat mir von Ihnen geschrieben», sagte er. «Sie sind also Anita!»

«Ich freue mich, Sie kennenzulernen.»

«Gut, daß wir uns so informell begegnen», sagte Norman. «Ihre Mutter hätte gesagt: ‹Norman Allard› statt ‹mein Freund› – sie ist so kultiviert. Und sie hätte gesagt: ‹Das ist mein Töchterchen›, und ich hätte das schlecht ertragen.»

«Vivien wußte nicht, daß Sie um diese Zeit ankommen», sagte Anita.

«Ich wollte sie überraschen.»

«Sie läßt sich das Haar legen.»

«Aber nein», sagte Norman. «Wie ich sie kenne, tanzt sie jetzt im *Jardin Bleu*.» Er sagte das verbittert. «Erzählt sie Ihnen wirklich solche Geschichten – daß sie sich das Haar legen läßt? Das sieht ihr ähnlich. Sie ist sich nicht sicher, ob Sie ihr wirklich gleichen, schrieb sie. Ich verstehe jetzt, was sie damit meint.»

«Finden Sie nicht, daß wir uns gleichen?»

«Im Aussehen ja, aber im Ausdruck sind Sie erstaunlich verschieden.»

«Ich frage mich, worin der Unterschied besteht», sagte Anita.

«Das werden Sie bald erfahren», sagte Norman mit müder Geste. Er war inzwischen hereingekommen. Er fragte: «Müssen Sie gleich fort?»

Er sah sehr erschöpft aus, sehr abgekämpft und angespannt. Er tat Anita leid.

«Nein, ich habe noch rund zwanzig Minuten Zeit.»

«Ach, dann setzen Sie sich doch, und erzählen Sie mir ein bißchen. Hat Ihre Mutter Ihnen gesagt, warum ich fortgegangen bin?»

«Nein.»

«Weil ich so unglücklich war – sie hat mich so gequält. Seltsam, daß ich Ihnen davon erzähle, wo ich Sie doch kaum kenne.»

«Es ist schon gut so. Vielleicht kann ich Ihnen helfen.»

«Sie wird Sie wahrscheinlich zu ihren Vorstellungen bekehren. So ist sie nun einmal – so überzeugend. Ist Ihnen aufgefallen, welch wundervolle Stimme sie hat?»

«Ja, aber nicht immer.»

«Ach, das ist Ihnen auch schon aufgefallen? Aber Sie lieben sie dennoch.»

«Ich weiß es nicht, noch nicht», sagte Anita.

Er sah sie leicht amüsiert an. «Sie sind anders», murmelte er. «Sagen Sie immer, was Sie denken? So wie eben?»

«Das ist überhaupt nicht lustig», sagte Anita. «Es ist eine schlechte Angewohnheit.»

Er sah sie plötzlich ganz ernst an. «Nein, eine wunderbare. Wenn Ihre Mutter nur ebenso wäre, dann würde ich jetzt nicht überlegen, ob ich wieder fortgehen soll, und zwar für immer. Aber sie ist nicht so. Es ist wie mit dem Haare-legen-Lassen. Passen Sie nur auf; sie wird es vergessen und morgen dasselbe sagen, wenn sie sich mit irgendeinem Mann im *Tea Room* treffen will. Sie kann einfach nicht die Wahrheit sagen! Unmerklich stellt sie alles ein wenig anders dar, so daß ich es am Anfang gar nicht merkte. Ihr Gesicht – Sie können sich nicht vorstellen, welchen Eindruck es auf mich machte, als ich sie zum erstenmal sah. Hat sie Ihnen erzählt, daß ich Maler bin? Nun, wissen Sie, ich konnte ein Jahr lang nicht malen, bevor ich ihr begegnete. Nachdem ich sie kennengelernt hatte, machte ich die ungeheure Entdeckung, was die Seele alles aus dem Körper machen kann. Ich brauchte nur an ihre

Augen zu denken, an deren Form, an das Beben ihrer Nasenflügel, an die feine Gestaltung ihres Mundes. Alles kam mir so erlesen vor. Ich meinte, allein dadurch, daß ich ihr nahe war, würde ich der Schönheit begegnen, die ihr Äußeres geformt hatte. Es ist so außergewöhnlich, daß jemand die Macht besitzt, uns mit seiner Schönheit so zu beeindrucken, daß wir selbst etwas schaffen wollen. Wunderbare Dinge habe ich unter diesem Einfluß gemalt, um dann herauszufinden . . .» Er unterbrach sich. Dann entdeckte er in Anitas Augen ein so dringendes Verlangen nach Wahrheit, daß er fortfuhr: «Um herauszufinden, daß sich hinter ihrem Blick immer Täuschung verbirgt.»

Nervös erhob er sich. «Ich glaube kaum, daß es Ihnen liegt, mich zu trösten. Es war sehr lieb von Ihnen, mir zuzuhören. Aber ich glaube, ich gehe wieder.»

«Nein, gehen Sie nicht», sagte Anita, «ich werde mit Mutter reden.»

Als Anita von ihrer Probe zurückkam, ruhte Vivien sich aus, bevor sie sich für die Abendvorstellung ankleiden mußte. Sie lag im korallenroten Licht einer Nachttischlampe da. Anita setzte sich auf einen niedrigen Hocker und bewunderte sie. Ihr Gesicht glühte angeregt, und sie lächelte, als erinnere sie sich an ein Vergnügen.

Da fiel Anita wieder ihr Auftrag ein.

«Ich habe Norman getroffen», sagte sie.

«Ach, er ist da! Ist er in seinem Zimmer?» Sie stand auf, als wollte sie zu ihm gehen.

«Warte», sagte Anita. «Ich möchte dir sagen, was ich von ihm halte. Oder interessiert es dich nicht?»

«Sag's schnell», sagte Vivien.

«Wenn er *mich* lieben würde», sagte Anita, «fiele es mir leicht, nur ihn zu lieben, glaube ich.»

«So, das glaubst du», sagte Vivien lachend. «Aber ich kann nicht anders – und jedenfalls kehre ich ja immer wieder zu ihm zurück.»

«Meinst du nicht, daß er darunter leidet?»

«O nein, ich bin vorsichtig.»

«Warum gibst du immer nach?»

«Ich würde mich verachten, wenn ich mich von irgendwelchen Formeln oder Ideen beherrschen ließe. Solchen Impulsen einfach nachgeben zu müssen, bedeutet nur, daß man eine wirkliche Frau ist.»

«Du sprichst nie von Zurückhaltung.»

«Zurückhaltung ist etwas sehr Dürres, Schatz. Es geht nichts als Bitterkeit daraus hervor. Man muß dazu hart sein; es läßt eine Frau seelisch und körperlich vertrocknen.»

«Aber seine Liebe sollte genügen, scheint mir.»

«Die Leidenschaft ist nicht genügsam, meine kleine Anita. Sie findet nie Nahrung in einer Idee, der Idee der Treue zum Beispiel. Leidenschaft verlangt nach dem, was sie zum Lodern bringt. Dafür habe ich gelebt. Ich habe mich nie verloren und mich nie gelangweilt. Ich habe es immer geliebt, weißglühend zu leben. Und die Männer, die eine Begabung für das weißglühende Leben haben, sind genau jene, die sich nicht darauf verstehen, ihm Dauer zu verleihen. Ihre Begeisterungen lodern auf und erlöschen, und wie öde sind die Phasen dazwischen! Dann sind sie langweilig, verschlafen. Man ist gezwungen, sich etwas Neues zu suchen.»

«Und in den Phasen dazwischen, wie du sie nennst», wiederholte Anita verbittert, «kannst du dieses weißglühende Leben denn nicht in deiner Schauspielerei finden?»

«Ach das», sagte Vivien, «das bedeutet mir gar nichts.»

Anita hatte das Gefühl, mehr habe sie im Augenblick nicht zu sagen. Ihre Mutter stand auf, um sich umzukleiden. Sie schaltete das Licht in ihrem Badezimmer ein, das ganz in Lavendel und Silber gehalten war. Sie betrachtete ihr Gesicht im Spiegel. «Ich sehe heute abend eine Spur müde aus», sagte sie. Anita betrachtete Viviens Gesicht im Spiegel und fand es zu ihrer Überraschung nicht mehr so schön wie am ersten Tag. Das scharfe, schmale Lächeln wirkte seltsam kühl und die schrägen Augen berechnend.

«Ich muß mich auch zurechtmachen», sagte Anita und ging ohne den üblichen Abschiedskuß hinaus.

Anita gestand Norman, wie enttäuscht sie von dem Gespräch war. Er habe sich nichts davon versprochen, sagte er, aber er wolle noch warten. Vielleicht verändere Anitas Anwesenheit im Haus die Haltung ihrer Mutter, ohne daß es ihr bewußt werde.

«Inzwischen», sagte er, «gibt es etwas, das mir guttut, und das ist die Arbeit. Ich wünschte, Sie würden mir in der nächsten Woche Modell stehen, in einem Ihrer Kostüme. Mir gefiele das lila Kleid mit der Schleppe und Ihre typische Zigeunergeste am Ende des Tanzes – ungefähr so – meinen Sie, Sie könnten diese Pose halten? Ich arbeite schnell. Ich würde Sie nicht übermäßig in Anspruch nehmen. Ich habe so eine Ahnung, ich könnte etwas Besonderes daraus machen, mit Licht von unten, das Schatten auf Ihr Gesicht wirft. Wollen Sie? Kommen Sie in mein Atelier. Paßt es Ihnen am Vormittag? Sagen wir, eine Stunde vor dem Lunch?»

Es schwang solche Anspannung in seiner Stimme mit, daß Anita einwilligte und vieles andere, was sie zu erledigen hatte, aufschob. Als sie am ersten Morgen mit ihrem Kostüm zu ihm kam, hatte Norman bereits die Leinwand vorbereitet und reinigte seine Palette. Er wirkte jünger und von seinen Sorgen befreit. Er bemühte sich, die richtige Haltung für sie zu finden, drapierte die lange, gerüschte Schleppe im Kreis um ihre Füße. Er bewunderte ihre zahllosen Armreifen, die hohen lila Schuhe, die kunstvoll angesteckten Blumen und den langen lila Kamm. Er richtete einen passenden Hintergrund her und studierte die Lichteffekte auf ihrem Gesicht. Auf dem Podest für das Modell probierte sie ein paar Schritte des Tanzes aus, um die richtige Pose zu finden, und als sie bei der richtigen Bewegung angekommen war, rief er ihr zu, sie solle so stehenbleiben. Er begann mit raschen, kühnen Strichen zu zeichnen und sprach mit ihr, um sie bei Laune zu halten. Sie sah ihm beim Arbeiten zu.

Die Stunde verging für beide sehr schnell. Als Anita vom Podest stieg, fiel ihr auf, daß sie in ihrem Gespräch Vivien ganz vergessen hatten.

Anita stand ihm die ganze Woche hindurch Modell und führte auch vertraute Gespräche mit ihrer Mutter. Je mehr sie sich unterhielten, desto deutlicher wurde ihnen, wie stark ihre Vorstellungen und Gefühle sich unterschieden. Schließlich sagte Vivien:

«Meine liebe Anita, laß uns nicht mehr über Norman sprechen. Es ändert nichts. Laß uns einfach Freundinnen sein, ja? Wenn du eines Tages selbst erfährst, was Leidenschaft ist, wirst du mich besser verstehen – wenn du wirklich zu leben beginnst.»

Am nächsten Morgen kam Anita mit einem anderen Gesicht zu Norman ins Atelier. Er bemerkte es sofort. Sie ging nicht gleich in das Umkleidezimmer, sondern blieb länger vor dem halbfertigen Bild stehen.

«Es nützt nichts, Norman, Mutter wird sich nie ändern. Ich habe stundenlang mit ihr gesprochen. Sie meint, ich könne ihr keinen Rat geben, und in gewisser Weise hat sie recht. Es tut mir leid.» Sie wagte nicht, ihm ins Gesicht zu sehen. Es kam ihr so vor, als nehme sie Normans Unglück viel zu ernst, und sie begann sich zu fragen, warum sie an nichts anderes denken konnte.

Er sah sie eindringlich an: «Machen Sie sich keine Sorgen», sagte er, «es ist nicht mehr wichtig.»

«Oh, Sie werden sie doch nicht verlassen», sagte Anita.

«Ich sage, machen Sie sich darum keine Sorgen, Anita, denn ich liebe Ihre Mutter nicht mehr . . . Ich liebe *Sie*.»

Anita entzog sich seiner Umarmung. «Sie lieben mich, weil ich aussehe wie sie!»

«Nein, nein», rief er aus, «ich liebe Sie um Ihrer selbst willen, Sie, denn Sie sind eine völlig andere Frau, Anita.»

Sie sah in seinen Augen, daß er die Wahrheit sagte.

Heftige Neugier und ein heimliches Verlangen, sich zu vergleichen, trieben Anita dazu, mit ihrer Mutter darüber zu reden, ohne Normans Namen zu erwähnen. Sie mußte wissen, wie ihre Mutter empfand, mußte wissen, worin sie einander glichen und worin sie sich unterschieden.

Sie sprach mit ihr, den Kopf scheu abgewandt, damit ihre Mutter ihr nicht ins Gesicht sehen konnte. Sie stammelte etwas von Leidenschaft, Impulsivität und welterschütterndem Verlangen. Vivien streichelte sie, als hätte sie endlich ihr wahres Kind wieder, als gäbe es endlich eine Bindung zwischen ihnen. Sie billigte all ihre Gefühle, ihre Hingabe.

«Aber unsere Liebe, unsere Heirat wird eine andere Frau verletzen», sagte Anita. «Was würdest du in einem solchen Fall tun?»

«*Denk nicht* an die andere Frau. *Nichts* darf der Liebe im Wege stehen, Liebes. Du warst so töricht, so unbeweglich, so streng! Ich bin so glücklich, dich sanft zu sehen und erobert und überwältigt! Gib zu, daß du doppelt glücklich bist, unglaublich glücklich. Vergiß die andere Frau, törichtes Kind. Geh und genieße dein Glück.»

Und als Anita das Gesicht hob, fügte Vivien hinzu: «Der Kuß hat dich noch reizvoller gemacht! Versprich mir, daß du nicht durch Skrupel alles verdirbst.»

Anita verbarg wieder ihr Gesicht.

Die ganze Nacht grübelte sie darüber nach, wie sehr und warum sie Norman liebte, und zählte gewissenhaft alles auf, was sie an ihm liebte: das Lächeln, in dem auch Mitleid lag, das wunderbar kluge Gesicht, die Stimme, deren Nachhall sie lange umgab, seine imponierende, großzügige und kraftvolle Erscheinung, seine Offenheit, sein Talent. Der Wunsch, ihn vollkommen glücklich zu machen, und die Gewißheit, dazu imstande zu sein, schien alles wegzufegen, was vorher existiert hatte, und doch gab es da ein anderes Gefühl, das stärker war als das Verlangen nach ihm und die Liebe zu ihm.

Alles, was Vivien gesagt hatte, zählte kaum, da es nicht die Liebe betraf, wie Anita sie verstand. Anita wollte den Mut aufbringen zu tun, was ihre Mutter niemals getan hatte: verzichten. Sich zurückhalten, auf das Glück verzichten, das einen anderen verletzen könnte, sich zurückhalten, sich selbst prüfen, um den tiefen Graben zu ermessen, der zwischen ihrem und Viviens Charakter klaffte. Viviens Selbstsucht und Lebensstil empörten sie. Aber wie konnte sie Norman zum Opfer einer solchen Prüfung machen, ihrer Besessenheit von einem Ideal? Sie hatte Ideale so sehr geliebt! Während Vivien ihre physische Macht zu erproben suchte, hatte Anita oft das erhebende Gefühl der Selbstüberwindung gesucht, indem sie sich den Forderungen strenger Ideale unterwarf, die ihre Mutter verabscheute.

Sie verbarg ihre Gedanken nicht vor Norman, aber sie überraschten ihn nicht. «Gerade dafür liebe ich dich», sagte er ihr.

«Wenn ich dem folge, was sie mir nahelegt», sagte Anita, «dann kämen unsere Liebe und unsere Heirat vor allem anderen, die Erfüllung vor den Skrupeln. Vivien sagt, nichts dürfe dem eigenen Verlangen im Wege stehen.»

«Das hat sie zu dir gesagt? Dann kannst du es doch tun!»

«*Weil* sie es mir gesagt hat, kann ich es nicht tun. Was sie tun würde, Norman, ist genau das, was ich nicht tun will.»

«Aber Anita, unsere Liebe . . .»

«Ich möchte nicht, daß unsere Liebe der ihren gleicht, Norman, daß unser Leben ihrem ähnlich wird. Als ich mit ihr sprach, sagte sie, es freue sie, daß mein Widerstand endlich gebrochen wäre, denn nun würde ich sie und ihr Leben billigen und verstehen.»

«Auf das, was sie gesagt hat, kommt es nicht an, Anita. Wir wissen, daß unsere Liebe etwas anderes ist, das sie nicht verstehen kann.»

«Ich möchte das tun, was sie niemals konnte: verzichten.»

«Aber damit würdest du mich opfern!»

Er hielt sie in seinem Armen. Er fühlte ihre Liebe, ihren Kampf und ihr Schwanken.

«Ich liebe dich wegen dieses Mutes, Anita, aber zerstöre nicht unsere Liebe. Ich will dich stark sehen, aber nicht unbeugsam!» Er neckte sie, er küßte sie und flehte sie an. An jenem Abend holte er sie nach der Vorstellung ab und war sehr zärtlich; Anita fühlte sich halb erobert, halb gewonnen.

Doch am nächsten Tag hatte sie das Haus verlassen. Norman wußte, was das bedeutete. In seiner Verzweiflung ging er zu Vivien. Sie bemerkte die Veränderung an ihm.

«Dich hat sie also geliebt!» rief sie aus. «Aber wie kannst *du* solch eine Frau lieben! Sie lebt nur für ihre törichten Ideen!»

«Du kannst sie nicht verstehen», sagte er traurig.

«O doch. Sie war nicht menschlich, das ist alles. Ich könnte niemals so hart und grausam sein. Sie hat dich wie mich verletzt. So etwas habe ich nie getan. Sie hätte dich unglücklicher gemacht, als ich es je getan habe. Schließlich bin ich doch sanft, nicht wahr?»

Norman hatte sich so an ihre Schauspielerei gewöhnt, daß er ihr nicht ins Gesicht sah. Niedergeschlagen saß er neben ihr.

«Ihr beide habt gesagt, daß ihr mich liebt.»

«Ja, aber auf so verschiedene Weise! Ich, weil ich zu menschlich bin, Anita, weil sie unmenschlich ist! Ich finde, du solltest mich stärker lieben, Norman.» Vivien schmiegte sich sehr sanft an ihn und streichelte sein Gesicht. «Wie sie dich hat leiden lassen! Bleib bei mir. Ich sorge dafür, daß du es vergißt.» Sie umgab ihn mit einer ganz neuen Fürsorglichkeit. «Es wäre soviel klüger. Versuch nicht, sie zu finden.»

Aber er stand unvermittelt auf und sah ihr in die Augen: «Ich gehe. Ihr seid gar nicht so verschieden. Ihr habt mich beide verletzt, aber es ist mir lieber, auf Anitas Weise unglücklich gemacht zu werden als auf deine Weise.» Dann sagte er noch, während er nach Hut und Mantel griff: «Ich werde so lange nach ihr suchen, bis ich sie finde.»

Romane

Lisa Alther
Schlechter als morgen, besser als gestern *Roman*
(rororo neue frau 5942)
Caroline, Krankenschwester auf einer Unfallstation, täglich mit dem Schrecken konfrontiert, hat alles hinter sich und braucht selbst Hilfe. In der Psychotherapeutin Hannah findet sie eine Frau, die ihr den Blick öffnet für die Farben der wirklichen Welt.

Robyn Davidson
Vorfahren *Roman*
(rororo neue frau 12878)
Lucy ist eine Waise, wächst im australischen Busch auf und verfügt über glänzende Kontakte zur Geisterwelt ihrer Vorfahren, den Aborigines. Wie sie sich gewitzt durchs Leben schlägt, erzählt Robyn Davidson in einem großen, phantastischen Roman.
Spuren *Eine Reise durch Australien*
(rororo neue frau 5001)

Kate Millett
Fliegen Flying
(rororo neue frau 5156)
Kate Milletts persönlichstes Buch, eine genaue Beschreibung der ersten Jahre der Frauenbewegung und ein Stück Autobiographie.

Milena Moser
Die Putzfraueninsel *Roman*
(rororo neue frau 13209)

Ann Oakley
Matildas Fehler *Roman*
(rororo neue frau 13160)
Die Geschichte einer kritischen jungen Frau, die – zunächst voller Vorbehalte – dem charismatischen Chef einer Geburtsklinik begegnet...

rororo neue frau

Märta Tikkanen
Aifos heißt Sofia *Leben mit einem besonderen Kind*
(rororo neue frau 5166)
Die Liebesgeschichte des Jahrhunderts *Roman in Gedichten*
(rororo neue frau 4701)
Ein Traum von Männern, nein, von Wölfen *Roman*
(neue frau 5946)
Märta Tikkanen erzählt von einem Mädchen, dem die Mutter all das weitergegeben hat, was sie selbst fürchtete, und das als erwachsene Frau auf den Wolf im dunklen Wald trifft.
Der große Fänger *Roman*
(rororo neue frau 12806)
Wie vergewaltige ich einen Mann?
(rororo neue frau 4581)

rororo neue frau wird herausgegeben von Angela Praesent und Gisela Krahl. Ein Gesamtverzeichnis der Reihe finden Sie in der *Rowohlt Revue*. Jedes Vierteljahr neu. Kostenlos. In Ihrer Buchhandlung.